KB105142

무명서생 장편 소설
FUSION FANTASTIC STORY

권왕강림 2

무명서생 장편 소설

초판 1쇄 찍은 날 § 2012년 11월 28일
초판 1쇄 펴낸 날 § 2012년 12월 5일

지은이 § 무명서생
펴낸이 § 서경석

편집부장 § 권태완
편집책임 § 어정원

펴낸곳 § 도서출판 청어람
등록번호 § 제1081-1-89호
등록일자 § 1999. 5. 31
어람번호 § 제1-1499호

주소 § 경기도 부천시 원미구 심곡2동 163-2 서경B/D 3F (우) 420-822
전화 § 032-656-4452 팩스 § 032-656-4453
http://www.chungeoram.com
E-mail § chungeorambook@daum.net

ISBN 978-89-251-3094-1 04810
ISBN 978-89-251-3092-7 (세트)

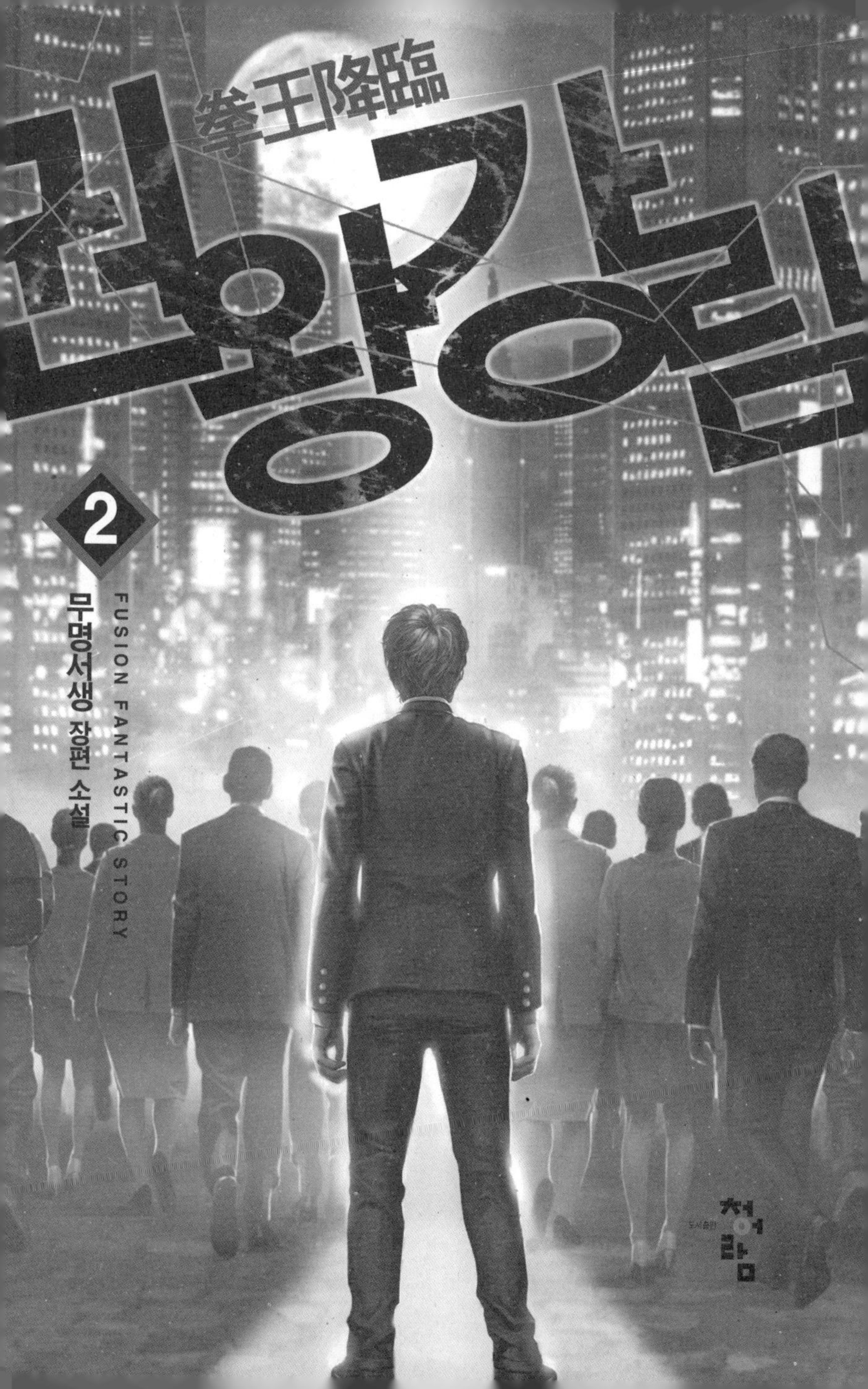
拳王降臨
권왕강림
2
무명서생 장편 소설
FUSION FANTASTIC STORY
도서출판 청어람

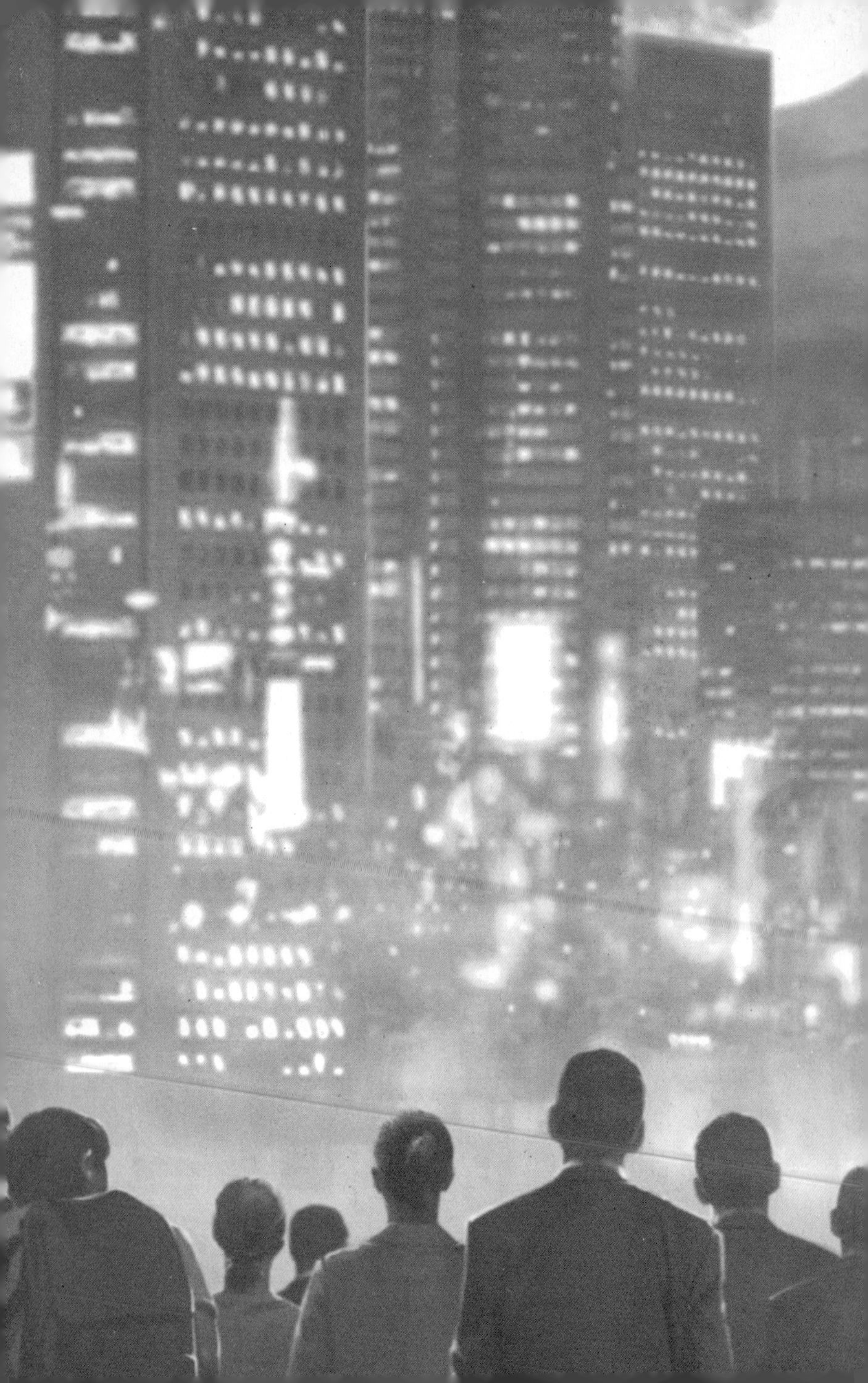

CONTENTS

Chapter 1	수능	7
Chapter 2	내 힘은 이 정도……	47
Chapter 3	눈꼴 사나워, 니들	81
Chapter 4	동아리	123
Chapter 5	격투대회	155
Chapter 6	복수	191
Chapter 7	어머니와 내 이름의 뒷글자를 따서……	227
Chapter 8	아버지……	265

CHAPTER **01**
수능

　상두는 무던히도 노력했다.

　마지막 모의고사의 성적은 그럭저럭 잘 나온 편이었다. 하지만 상위권 대학은 여러모로 힘든 수준.

　"이제 한 달 보름 정도 남았나……."

　이런 상황에서 성적을 더 올리기란 불가능할지도 모른다. 아니, 불가능하다고 봐야 한다.

　하지만 상두의 영혼은 포기를 모르는 남자!

　그때부터 밤낮으로 공부에 매긴했다. 그야말로 미친 듯이 공부했다.

최고의 권격가가 되기 위해 수련하던 그때가 생각났다. 그때도 하루에 3시간 이상 자본 적이 없을 정도로 수련에 매진했었다.

덕분에 피스트 마스터라는 칭호를 얻을 수 있게 되었다. 이번에도 노력만 한다면 최고가 될 수 있을 것이다.

노력만이 최선.

그것은 단순하지만 최고의 진리이다.

몸 쓰는 일이 아닌 머리를 쓰는 일이다 보니 많이 힘든 것은 사실이었다. 머리가 어지럽고 시쳇말로 '멍 때리는' 일이 많아졌다.

카논의 육체였다면 이런 일이 없을 테지만 어쩔 수 없는 일이었다.

그런 상두의 애쓰는 모습에 어머니는 안쓰럽게 여기며 그저 물끄러미 바라보는 것밖에 할 수 없었다.

가정 형편상 먹을 것을 제대로 마련해주지 못하는 어미로서 그저 바라볼 수밖에 없었다.

"쉬엄쉬엄 하지 그러니. 공부도 중요하지만 가장 중요한 것은 건강이라고 했다."

어머니는 걱정이 가득이었다. 이러다 아들이 쓰러질까 노심초사였다.

걱정이 늘어난 것은 공부를 도와주고 있는 수민도 마찬가지였다.

매일같이 쓰러지기 직전까지 공부를 하는 그를 가장 가까이서 바라보는 그녀가 아닌가.

하지만 그때마다 상두는 괜찮다 손사래를 치니 어쩔 수가 없었다.

상두 역시 주변 사람들이 걱정하는 것을 모르는 바는 아니다.

하지만 어머니와 수민의 걱정을 덜어주는 것은 다른 것이 아니었다.

그것은 성적을 올려 좋은 대학 가는 것이다.

역시 열심히 노력한 덕분에 상두의 성적은 눈에 띄게 향상되었다.

수능 모의 문제를 풀면 500점 만점에 400점대의 성적을 기록했다.

"이제부터가 걱정이군."

상두의 걱정이 늘어만 갔다. 눈치만 잘 보면 지방의 국립대 정도는 갈 수 있는 점수다.

하지만 더 높은 대학을 바라보는 상두로서는 점수를 더 올려야 한다.

상두와 수민은 공부를 위해 다시 도서관을 찾았다.

사실 이제 수민이 상두를 가르칠 것이 없었다. 하지만 혼자 공부하기보다는 두 사람이 같이하는 편이 동기부여가 된다.

옆도 보지 않고 집중하고 있는 두 사람에게 누군가가 찾아왔다.

조금은 음험하며 기분 나쁘게 생긴 남자아이.

인기척도 없이 다가온 그는 수민의 앞에서 빤히 쳐다보았다.

불러볼 법도 한데 그대로 가만히 서 있었다.

답답했는지 그가 수민을 불렀다.

"저기… 수민아."

"아, 깜짝이야!"

도서관에서 옆자리에서도 느껴질 만큼 큰 소리로 놀라는 수민. 상두도 잠시 공부를 멈추고 올려다보았다.

"아, 민석아."

수민은 그를 알고 있는 것 같았다. 상두는 모르는 사람이라 금세 관심을 털고는 공부를 계속 이어 나갔다.

"잠시 이야기 좀 할까?"

"무슨 이야기인데?"

"중요한 이야기야. 잠시 밖으로 나가면 안 될까?"

민석의 말에 수민은 고개를 절레절레 흔들었다. 공부에 몰두하고 있는 상태라 지금의 상황을 깨고 싶지는 않았다. 게다가 그녀는 그와 함께 엮이는 것을 싫어하는 눈치였다.

"상두하고 공부해야 돼. 수능이 얼마 안 남았잖아."

"상두… 하고… 라…….."

민석은 기분 나쁜 눈으로 상두를 노려보았다. '상두하고'라는 말에 이미 눈에 독기가 흘렀다. 그를 지나치게 의식하고 있는 것 같았다.

"상두… 라…….."

민석의 눈에 그는 '방해물'인 것 같았다. 계속해서 노려보는 그의 눈초리가 상두의 마음에 거슬리는 듯 입을 열었다.

"뭐야? 그렇게 기분 나쁘게 쳐다보는 이유가?"

공부 때문에 신경이 날카로워진 상두의 으름장.

"뭐야, 이 새끼가?"

민석은 상두에게 기분 나쁘다는 투로 말했지만 상두는 대꾸조차 없었다. 어차피 이런 으름장에 겁을 먹는 사내라면 상대할 가치도 없었다. 어차피 이 이상 대처도 못할 놈이다.

"미안해, 민석아. 오늘은 좀 그렇네."

다시금 수민은 거절 의사를 정확하게 밝혔다.

거절당한 민석은 얼굴에 확연하게 드러날 정도로 인상을 구겼다.

"알았어."

딱딱하게 대답한 그는 그대로 밖으로 나갔다. 화가 난 것을 반증하듯 발소리가 도서관에 맞지 않게 시끄러웠다.

얼마나 시간이 흘렀는지 모를 만큼 한참 동안 공부에 몰두했다. 문득 상두는 시계를 보았다. 공부를 시작한 지도 어느 덧 다섯 시간을 훌쩍 넘겼다. 저녁도 안 먹고 도서관에 앉아 있었던 것이다.

상두는 자리에서 일어났다.

시간이 벌써 도서관이 문 닫을 시간이었다. 게다가 저녁도 먹지 않고 시간을 보냈다.

"이제 돌아가 볼까?"

상두는 더 오랫동안 있을 수 있었지만 여자인 수민은 집으로 돌려보내야 했다. 주말에 이렇게 늦게까지 붙잡고 있는 것도 민폐였다.

수민은 고개를 끄덕이며 책가방을 정리했다.

밖으로 나오자 어둑어둑한 하늘이 두 사람을 반겼다. 하늘에 구름이 잔뜩 꼈는지 별도 보이지 않았다.

"으… 추워……. 토요일에 시내에 나가지도 못하고 이게 뭐야."

수민은 투덜거렸다. 상두는 그녀의 머리를 손바닥으로 톡톡 치며 말했다.

"고3이 토요일이 어디 있어."

상두의 말에 수민은 입술을 삐죽 내밀었다.

그의 말대로 한국에는 고3은 사람이 아니다. 그저 공부하는 기계일 뿐.

막상 사회에 나가도 이렇게 죽을 듯 공부한 것을 사용하는 경우는 극히 드물다.

그저 기계처럼 공부해서 좋은 대학 가고 좋은 대학 나와서 좋은 직장에 취직.

그것이 전부가 되어 버린 한국사회…….

공부는 취업을 위한 것이 되어서는 안 된다. 사회를 이루는 기반의 지식이 되어야 한다.

하지만 어쩌겠는가?

이 사회의 세태가 그런 것을.

"한바탕 눈이라도 쏟아질 기세로구만."

상두가 몸을 움츠리며 말했다.

"낮에는 그렇게 춥지 않았는데 말이야."

수민의 말대로 낮에는 그리 춥지 않았는데, 옷을 얇게 입고 온 것이 화근이었다. 상두의 말에 수민은 웃음을 보였다.

"아직 10월입니다, 아저씨."

두 사람은 재미있다는 듯 배시시 웃었다.

"수민아…….."

두 사람 앞으로 누군가가 다가섰다.

"너 아직도 안 갔어?"

수민이 약간 짜증난다는 투로 이야기하고 표정하고 말도 했다. 그 대상은 바로 민석이었다.

"수민아, 이야기 좀 해."

민석은 다시금 수민에게 접근했다. 굉장히 끈덕진 행동이었다.

"오늘은 이야기하고 싶지 않다고 했잖아. 집으로 돌아가야 해."

수민의 말에 그는 다시금 원색적으로 달려들어 팔을 잡았다.

"내가 데려다 줄게."

"싫다니까."

수민은 화를 내며 팔을 뿌리쳤다.

상두도 그런 수민의 태도에 잠시 놀랐다. 그녀가 이렇게 매몰차게 나오는 것을 그도 본 적이 없었다.

이렇게까지 거부하는 것을 뵈니는 분명히 무슨 이유가 있는 게 분명해 보였다. 하지만 말하지 않아도 민석이라는 녀석을 보니 이유를 알 것 같았다.

"그러지 말고……."

민석이라는 녀석은 무척이나 끈질겼다. 이대로 두면 몇 시간이라도 구차하게 굴 것만 같았다. 아무래도 상두가 나서야 할 것 같았다.

"이봐, 남자가 너무 구차하잖아."

상두의 말에 민석이 그를 노려보았다.

"네가 무슨 상관이야!"

"여자가 싫다고 하잖아. 그런데도 그렇게 끈덕진 것처럼 볼썽사나운 것도 없어."

"이 자식이!"

민석이 막무가내로 달려들었다.

자신만만한 움직임이다.

그 역시 꽤나 싸움에 자신이 있는 것 같았다. 상두의 두 눈에 비친 그의 주먹은 꽤나 굳은살이 배어 있는 것이 꽤나 훈련도 한 녀석이었다.

하지만 상두의 상대가 될 리가 만무하다.

"꺼져버려!"

민석이 상두를 향해 주먹을 날렸다.

'느려.'

느리다.

상두의 눈에는 무척이나 느리다. 슬쩍 몸을 돌려 피하면 그만이지만 그것으로는 상대의 기를 꺾을 수는 없다. 이렇게 끈질긴 녀석은 더욱더 그렇다.

상두는 '훗'하는 웃음과 함께 민석의 주먹을 손으로 잡아버렸다.

"적당히 해!"

그리고 그의 팔을 뒤쪽으로 꺾어 버렸다. 몸부림치며 벗어나려 했지만 상두의 힘을 이겨낼 수가 있을 리 만무했다.

"내가 여자라도 이렇게 지저분하게 행동하면 거절하겠다."

그래도 민석을 밀어 넘어뜨리는 상두.

넘어진 상태로 민석은 몸을 부르르 떨었다.

"으… 으… 개자식……! 내가 언젠가 죽여주겠어!"

민석은 벌떡 일어나 옷을 털어내지도 않고 달음박질쳤다.

"뭐야, 저 녀석?"

상두는 멀리 뛰어가는 그의 모습을 바라보며 어이없다는 듯 고개를 갸웃거렸다.

"우리 아버지가 도움을 주고 있는 사업체 회장 아들이야."

수민 역시 도망치는 그를 한심한 듯 바라보았다. 상두는 재미있다는 듯 '호오~' 라고 감탄사를 뽑으며 말했다.

"정략혼인 뭐, 그런 거?"

상두의 우스갯소리에 수민은 그를 흘겨보았다. 썩 기분 좋은 농담은 아닌 것 같았다.

"그딴 거 아니야. 정말로 그냥 아버지가 도와주는 집 아들일 뿐이야."

"알았어, 알았어."

그가 고개를 끄덕여 주자 수민은 안심이 된 것 같았다.

해서 상두는 수민을 집까지 데려다 주었다.

"내일 학교에서 봐."

"그래, 내일 보자."

수민은 아직도 안심이 되지 않는 듯 주변을 두리번거렸다.

그렇게 인사하고 수민이 집에 들어가는 것까지 확인하고서 상두는 집으로 향했다.

수민의 집이 있는 형곡에서 상두의 집이 있는 신평까지는 거리가 꽤 되었다.

"뭐지?"

집으로 가는 동안 그의 뒤에서 인기척이 느껴졌다. 뒤를 돌아보았지만 아무도 없었다.

"내가 너무 예민한가……."

아니, 예민해진 것은 아니다. 분명히 누군가가 따라오고 있었다.

하지만 이렇게 기척이 느껴질 정도의 상대라면 별로 신경 쓰지 않아도 될 것이다.

하지만 그 기척이 계속해서 이어지니 상두도 점점 신경 쓰이기 시작했다. 일단은 미행하는 자를 그대로 내버려두기로 했다.

상두는 어느덧 집 앞에 도착했다.

"이제 나오시지……!"

그는 바닥의 돌멩이를 발로 찼다. 돌멩이는 빠르게 날아가 전봇대에 파악하고 박혔다.

"히익……!"

전봇대 뒤에 서 있었던 미행은 그대로 주저앉았다. 상두는 그에게 다가갔다.

미행인은 아직 소년티가 벗어지지 않은 청소년이었다.

"누구냐?"

상두의 물음에 그는 고개를 절레절레 흔들었다. 상두는 그를 좀 더 겁을 주기 위해 전봇대에 박힌 돌멩이를 빼서는 손 아귀의 힘으로 파삭하고 깨 버렸다.

"말하지 않으면 네 머리를 이렇게 만들어 주겠다."

상두의 위협에 그는 입을 열 수밖에 없었다.

"민석이… 민석이 형이… 집 좀 알아보라고……."

민석이라면 수민을 치근덕거렸던 그 찌질이? 상두는 고개를 가로저었다. 이렇게까지 하는 저의를 모르겠다.

'그래도 무슨 일이 있을지 모르니까 조심은 해야겠군.'

상두는 미행인을 발로 찰 듯 겁을 주었다. 그러자 겁을 집어 먹고 빠르게 도망쳤다.

상두는 평소보다 유난히 아침 일찍 눈을 떴다.

오늘은 수능 당일이다.

언제나 남들보다 이른 아침에 일어나는 상두였지만 오늘
만큼 한 시간 정도 더 일찍 부지런을 떨었다. 산에 올라 명상
을 좀 하다가 내려왔다.

"왜 이렇게 떨리지……?"

마황과의 싸움에도 이렇게 떨린 적이 없었다.

한 사람이 인생이 결정된 일.

어쩌면 그 위험도는 마황과의 싸움과도 비슷하리라.

적어도 이 나라에서는 그렇다.

"아침이 든든해야 머리도 잘 돌아가는 법이야."

어머니는 아침 일찍 일어나 아들을 위해 아침상을 준비했
다.

거한 것은 아니었지만 머리에 좋다는 음식을 정성스레 차
려 주었다. 속이 따뜻하고 든든해서 힘이 났다.

어머니는 그렇게 밖으로 나갔다.

다른 어머니들처럼 부산을 떨지 않았다.

아니, 그럴 수 없다.

아들의 인생이 결정되는 중요한 순간. 이런 순간에도 어머

니는 생업전선에 뛰어들어야 한다. 그만큼 금전적으로 힘든 것이 상두네 형편이다. 그렇기에 상두는 수능을 잘봐서 국립대학에 들어가거나 장학금을 받아야 한다.

"가볼까?"

그는 마음을 다잡기 위해 자신의 볼을 착착 치고는 대문을 열었다.

"어라?"

밖으로 나가니 또래의 아이들이 많이 모여 있었다.

이상했다.

오늘은 수능 날이 아닌가? 게다가 이 시간에 아이들이 모여 있을 리도 만무하다.

하지만 그들의 행색이 이유를 충분히 설명해 주었다. 머리를 염색하고 담배를 꼬나 물고 있는 모습이 '나 불량스럽소'라고 광고하는 것 같았다.

그들은 상두가 앞으로 나아가려고 하니 길을 막고 비켜주지 않았다.

상두가 다른 쪽으로 가려고 해도 또다시 길을 막고 상두의 진행을 방해했다. 상두는 조금씩 짜증이 몰려왔다.

"뭐야? 왜 이러는 거야?"

상두의 물음에 그들 중 하나가 주먹을 강하게 날렸다. 상두의 얼굴에 맞았지만 아무렇지 않았다. 그 모습에 당황한 놈들은 상두의 주변을 에워쌌다.

"너희는 누구냐. 누구의 사주를 받고 온 거냐."

이것은 고의적으로 누군가의 명령으로 움직이는 것이 틀림이 없었다.

"누구의 사주냐고 물었어."

상두의 나지막한 물음에 그들은 답도 하지 않고 달려들었다.

"뭐야, 이거."

당황한 상두는 달려오는 그들을 밀쳐 냈다.

이들을 밀쳐 내는 것은 일도 아니었다. 하지만 마치 좀비처럼 그들은 밀쳐 내도 다시 상두에게 들러붙었다.

"끈덕진 놈들!"

실랑이가 벌어졌다. 그럴수록 상두는 답답했다.

그의 힘으로는 기절을 시키든지 팔다리를 부러뜨리거나 할 수 있다. 하지만 지금 이들이 그런 일을 당할 만큼 큰 악행을 벌였다고 할 수 없다.

그러니 실랑이만 할 뿐이었다.

그렇게 실랑이를 하는 틈 사이로 누군가의 얼굴이 보였다.

"후후… 수민이 앞에서 나를 물 먹였겠다!"

또래의 남자아이였는데 그는 상두를 알고 있는 것 같았다.

'누구지……?'

하지만 상두는 그가 누군지 알 수가 없었다. 그저 이 상황을 해결해야 한다는 생각만 가득 찼다.

"놓으라고!!"

그는 기합을 내뱉었다.

"하압!"

그의 몸에서 강력한 기합파가 뿜어져 나왔다. 둘러싸고 있던 놈들은 그대로 튕겨져 바닥에 나뒹굴었다.

바닥에 쓰러진 충격으로 모두들 그대로 일어나지 못하고 있었다.

"후우… 힘 조절이 힘들군."

다행히 죽지도 기절하지도 않았다.

예전의 육체라면 이 정도쯤은 충분히 제어할 수 있었을 텐데. 육체를 통제하는 것이 아직 그리 쉽지가 않았다. 하마터면 모두 다치거나 죽었을 것이다.

그러나 이번에는 다행히 제대로 소질이 되어 모두를 간단히 쓰러뜨리는 정도로 끝낼 수 있었다.

"이, 이 자식……."

상두의 앞에서 이죽거리던 '누군가'는 낭패라는 표정을 지었다. 이렇게 쉽게 끝날 줄 몰랐던 것이다.

"누구냐, 너는?"

"난 박민석이다. 기억 못하는 거냐?"

"민석?"

상두는 여전히 그를 기억해내지 못하고 있었다.

그는 일전에 수민과 도서관에 있었을 때 만났던 사람이다.

"민석인지 만석인지 모르겠지만 비켜라. 난 시험장으로 가야 돼. 네놈은 시험도 안 봐?"

"후후, 난 수시에 합격했거든. 어차피 지금 간다고 해도 제시간에 도착을 못할걸?"

상두는 시계를 보았다.

"젠장!!"

수능 시간에 임박해 있는 시계!

민석이 원한 것이 바로 이것이었다. 시간을 끌어서 상두가 수능을 못 보게 만드는 것!

"이 개자식!!"

상두는 그에게로 다가가 주먹을 내지르려 했지만 참아냈다. 민석의 이마 한 치 앞에서 멈춘 주먹. 하지만 권풍이 일어 민석은 그대로 쓰러졌다.

"이제야 기억나는군. 그 끈덕지던 못난 놈. 너는 수능을 보고 나서 이야기하도록 하지."

상두는 어쩔 수 없다는 듯 빠르게 뛰었다.

"뛴다고 해결될 문제가 아닐걸! 크하하하하하하!"

그의 말이 맞다.

뛴다고 해결될 일이 아니었다.

"어쩔 수 없군……."

상두는 뜀박질을 멈추고 발목 관절을 돌려가며 풀었다.

"이 기술만은 쓰지 않으려고 했는데……."

예전의 카논의 육체였다면 무리가 없지만 지금 현재 상두
의 육체로는 너무도 무리가 가는 기술이다.

그래서 봉인해 놓았던 기술.

"가자!"

상두는 튕겨지듯 빠르게 뛰어나갔다.

이것은 축지법!

대륙의 언어로도 축지법.

땅을 주름잡아 빠르게 걷는 기술이다.

몸에 무리가 가는 기술인데다가 이 세계의 사람들에게 들
켜서 좋을 것도 없었다. 그래서 봉인했지만 상황이 상황인지
라 어쩔 수가 없었다.

그가 지나가는 자리마다 강한 충격파가 일었고 사람들은
모두 놀라고 말았다. 하지만 충격파를 일으키는 존재가 무엇
인지 모르기에 어안이 벙벙할 뿐.

"몇 시지?!"

상두가 축지법을 펼치며 빠르게 나아가면서도 시계를 바

라보았다. 이제 입실까지 십 분여가 남았다!

"제기랄!!"

상두는 미친 듯이 달려 나갔다.

그 결과…….

제 시간 안에 도착할 수가 있었다.

"세이프!"

쾌광 하는 소리와 함께 사방으로 충격파가 일었다. 많은 사람들이 눈을 크게 뜨고 놀란 듯 바라보았지만 지금 그것이 중요하지는 않았다.

"헉… 헉…….."

수험장에 도착해서도 숨을 헐떡거렸다.

너무 많은 체력이 소모되었다. 시험에 제대로 임할 수 있을까 걱정이 될 정도였다.

눈을 감고 명상에 잠겼다. 조용히 온몸의 신진대사를 차분히 유지하였다.

육체의 컨트롤.

잠시간의 시간이 흘러 육체는 진정이 되었고 정신도 맑아졌다. 하마터면 수능을 놓칠 수도 있던 상황이었는데도 그는 침착하게 자신을 통제해 나갔다.

그리고 시험에 임하기 시작했다.

기출 문제들 중 몇몇 어렵게 느껴지는 문제들이 분명 있었다. 다행히 전반적으로 그리 어렵게 느껴지지 않았다. 지금까지 했던 공부들이 헛되지 않았음을 상두는 느꼈다.

그러다 잠시 시험장이 웅성거렸다.

시험관이 한 사람을 지목한 것이다.

"자네 그게 뭔가?"

그는 당황한 듯 땀을 뻘뻘 흘리고 있었다. 시험에 몰두하고 싶은 상두는 신경 쓰지 않았다. 하지만 웅성거림에 어쩔 수 없이 슬쩍 보았다.

'뭐지?'

적발당한 사람은 스마트폰을 들고 있었다.

입실시 스마트폰이나 전자 기계는 반납해야 하는데 지키지 않은 것이다.

"이거 놔요! 실수할 수도 있잖아요."

"실수? 실수라면 이건 뭐지?"

시험관이 가리킨 것은 카톡으로 날아온 숫자들이 있다. 숫자뿐만이 아니라 주관식 답안으로 보이는 단어까지 보였다.

이것은 틀림없이 시험의 답.

부정으로 시험을 치르고 있었던 것이다.

"더 이상 할 말이 있나?"

시험관 중 하나가 부정 시험자를 데리고 밖으로 나아갔다. 모두들 어리둥절했지만 다시금 수능에 몰두했다. 이런 것에 동요되서는 안 된다.

지금 그들에게 중요한 것은 수능이다.

상두는 고개를 흔들며 혀를 끌끌 찼다. 자신의 능력을 겨루는 시합에서 부정을 저지르다니.

'하지만… 역시 그만큼 절실할 테니까.'

이해가 안 되는 바는 아니었다.

이 수능이라는 시험에서 고배는 마치 인생 낙오인 것처럼 가르치는 것이 상두로서 살아야 하는 이 세계의 사회적 풍토다.

그 분위기 아래 이 시험을 위해 12년을 죽어라 공부한 소년, 소녀들.

요즘은 유치원에서부터 시작이 된다고 한다. 어떻게든 좋은 성적을 거둬야 한다는 강박감에 시달리는 것도 당연하다.

그렇기에 누군가가 잡혀가든 어쨌든 시험은 순조롭게 치러지고 있었다.

그들에게 지금 중요한 것은 수능이기에.

이세계에서 넘어온 카논, 상두가 느끼기엔 이 또한 하나의 전쟁터와 다를 바 없음을 느끼는 순간이었다.

시험을 모두 마쳤다.

"후우, 이제 끝인가?"

홀가분한 상두.

"이 하루를 위해 그렇게 미친 듯이 공부를 한 것인가?"

아니, 허탈하다. 하루 만에 끝나는 이 시험 때문에 그간 미친 듯이 공부했다는 사실이 허탈함으로 다가온 것이다.

"시원할 줄 알았는데 더 찝찝하네."

결과를 알 수 없으니 찝찝한 것은 당연하다.

"미심쩍은 문제는 예닐곱 정도인가?"

풀긴 했으니 미심쩍은 문제가 조금 있었다.

대부분은 푼다고 해서 풀었지만 서너 문제는 이른바 '찍기'를 감행했다. 특히 언어영역에서 문제가 헷갈렸다.

'신문에서 본 이야기가 생각나는군.'

수능에 출제된 시의 저작자가 관련 문제를 풀었는데 한 문제도 못 풀었다는 이야기.

이런 생각을 할수록 이것이 누구를 위한 수능인지 알 수가 없어졌다.

'그나저나 나도 학생이 다 되었군.'

시험에 끝나고 이렇게 신경을 쓰는 것을 보면 이 세상에 동화가 잘된 것 같았다. 이제 그는 정말 상두 그 자체였다.

수험장을 빠져나온 상두에게 전화가 왔다.

"아, 수민."

수민이었다.

수민 역시 허탈하고 홀가분한 감정에 상두에게 전화를 한 모양이었다.

"알았어. 거기서 보자."

통화 끝에 시내에서 보기로 한 두 사람.

상두는 시내를 향했다.

시내 상점가에는 수능을 마친 학생들을 위한 세일을 내걸고 있었다.

덕분에 수능을 마친 많은 수험생들이 배회하고 있었다. 모두들 얼굴에는 웃음이 가득했지만 상두처럼 허탈함도 묻어났다.

이런 것을 보고 '시원섭섭'이라고 하는 것 같았다.

"아, 수민아."

수민과 만난 상두는 시내의 롯데리아로 향했다.

롯데리아에도 사람들이 꽤나 많았다. 많은 테이블에서 답을 맞춰보는 이들이 있었다. 아니 거의 대부분이 그랬다.

상두와 수민도 PC방에 들러 얻은 정답지로 다른 사람들처럼 테이블에 앉아 시험 답안을 맞추기 시작했다.

시험 점수를 맞추는 상두의 눈이 커지기 시작했다.

"뭐지? 뭐야……."

"왜 그래? 시험 망쳤어?"

걱정된 수민이 상두의 어깨를 툭툭 쳤다. 그래도 그는 놀란 눈을 감추지 못하고 있었다.

"나, 만점인가 봐!"

상두의 얼굴에 히죽 웃음기가 감돌았다.

"정말?!"

수민조차 놀라고 있었다. 그 찌질하고 찌질하던 상두가 수능 만점이라니!

"내가 체크해서 가져온 게 잘못되지 않았다면 만점이야."

"축하해! 그 정도면 서울대도 문제없겠는데!"

"아니, 내가 내신이 좀⋯⋯."

"그래도 2학년 2학기 때부터 열심히 했잖아. 좋은 곳으로 갈 수 있을 거야."

수민의 축하에도 상두가 헛웃음을 보였다. 썩 기분이 좋은 표정은 아니었다.

"이 잠깐의 시험 점수 때문에 긴 시간을 그렇게 미친 듯이 공부를 했다니 허탈하네."

수민도 쓸쓸한 웃음을 보였다.

"어쩔 수 없잖아, 지금 우리나라가 그런 걸."

그렇게 두 사람이 대화를 하는 도중에 환호성도 들렸고, 흐느낌도 들려왔다.

이 하루 만에 끝이 날 시험 때문에 울고 웃는 청소년들.

이 세상이 전진하고 발전하려면 청소년들은 이런 시험지

쪼가리에 울고 웃으면 안 된다.

꿈을 향해 나아가며 울고 웃어야 한다.

그것이 상두의 생각이었다.

*   *   *

상두는 가슴이 두근거린다.

등교하는 내내 가슴이 떨렸다. 수능은 쳤지만 아직 방학은
아니라 등교는 한다.

비디오나 보고 하는 무료한 시간인데 왜 학교로 나가야 하
는지 이해가 되지 않는 상두였다. 하지만 그것이 지금 중요한
것은 아니었다.

오늘 학교에 수능 성적이 나오는 날이었다.

'가슴이 너무 뛴다.'

지금껏 고생한 결과가 오늘 나온다.

상두의 영혼 카논은 그래도 2년 정도를 고생했다. 그가 겪
었던 고생도 엄청난데 나머지 아이들은 무려 12년이다.

모두가 12년에 걸쳐 노력한 결과를 받아드는 운명적인 날
이다.

물론 이 결과와 상관없는 아이들도 있었다. 수시에 합격한
아이들, 대학을 포기한 아이들……. 하지만 그들도 오늘은 조

용히 있었다. 오늘은 모두들 분위기가 무거웠다.

교실에 들어서자마자 느껴지는 무거운 기운은 상두를 내리눌렀다.

그렇게 담임선생이 들어오고 성적표가 나눠졌다.

우는 아이들도 있었고, 한숨을 내쉬는 아이들도 있었다. 표정이 좋은 아이들은 많이 없었다.

"후우……."

상두는 큰 숨을 내쉬었다.

'천하의 피스트 마스터가 왜 이러나……!'

마스터고 뭐고 지금은 두근거려 성적표를 제대로 볼 수 없었다.

용기를 내어 성적표를 마주하는데…….

역시나,

"만점이다."

상두는 아무도 들리지 못할 정노로 삭세 읊조렸다. 그때에 점수 체크한 것이 잘못되지 않았던 것이다. 모든 과목의 등급도 1등급이었다.

놀라운 것은 그것뿐만이 아니었다.

"그래, 모두들 그간 고생했다. 그런데 우리 반에 수능 만점자가 나왔다."

담임의 말에 모두들 웅성였다.

뉴스에서나 볼 수 있었던 일이 그들의 눈앞에서 벌어졌다.

그간 몇 년간 수능 만점자가 나오지 않은 상태. 게다가 이번 시험은 최근 3년간 가장 어렵다고 뉴스에까지 나왔었다.

"박상두, 일어나라."

모두들 상두의 이름이 호명되자 깜짝 놀라고 말았다.

요즘 들어 성적이 오른 것은 알고 있었다. 하지만 이른바 '찐따'였던 상두가 아니던가?

그런 상두가 수능 만점자!

반 전체가 술렁였다.

"그동안 수고했다. 그렇게 공부하더니 결과가 아주 좋구나. 모두들 박수를 쳐주길 바란다."

담임선생의 말에 모두들 어안이 벙벙한 채 박수를 쳐주었다. 상두 역시 어색한 듯 머리를 긁적였다.

학교에서 상두는 화제가 되었다.

수능 만점자가 지방의 특목고도 아니고 자사고도 아닌 학교에서 나왔으니 당연하다. 교장이 그를 불렀고, 장학사까지 이곳까지 왔다.

상두는 기분 좋게 집으로 향할 수가 있었다.

상두는 신문을 읽었다. 세상 돌아가는 일을 알아보기 위해 신문을 매일 읽지만 오늘 읽는 이유는 달랐다.

"어디보자……."

아저씨처럼 침을 손가락에 묻히고 신문을 넘기는 상두.

"여기로군."

그는 본인이 원하는 기사를 발견했다.

수능 만점자 박상두 군, 지방의 어려운 가정 형편 속에서도 꿈을 키워 나가…….

라는 제목의 기사였다.

상두에 관한 기사였던 것이다. 며칠 전에 몇몇 신문사에서 인터뷰해 가더니 이렇게 기사가 난 것이다. 지면 할애도 꽤나 컸다.

어려운 가정 형편 속에서, 그것도 지방에서 이렇게 만점자가 나왔으니 어느 정도 이슈가 되는 것은 사실이었다.

게다가 요즘 사회문제로 대두되고 있는 사교육에 일침을 가할 수 있는 내용이라 기사로서는 안성맞춤이었다.

"아, 어색하다……."

상두는 지면 속 자신의 포즈를 보고 얼굴을 붉혔다.

덕분에 어머니의 얼굴에도 웃음이 피어났다. 장사가 잘 돼서가 아니라 아들에게 도움이 될 수 있어 기쁜 것이었다.

"으아……!"

방에서 뒹굴뒹굴 거리는 상두.

집에만 있기 지루한 상두는 밖으로 나아갔다.

이제 학군을 골라 원서를 넣어야 하지만 걱정이 되는 것이 사실이었다. 카논의 영혼이 상두의 육체에 정착한 지는 1년 반 정도의 시간이 흘렀다. 그 기간 이전의 내신은 엉망이었다. 눈치를 잘 봐서 지방의 국립대를 들어가야 했다.

"어떤 곳으로 가지……?"

상두는 고민에 잠겼다. 모두가 하는 그런 고민이었다.

그의 영혼인 카논이 살던 대륙에서는 이런 고민 따위는 없었다.

어차피 계급제로 나뉘어 있는 세상이라 계급대로 살거나 가업을 이어가며 살아가는 것이 대부분이기 때문이었다.

주먹질에 상당한 소양이 있던 카논은 어릴 때 자신의 스승을 만나 재능을 이어갈 수 있었기에 더욱 걱정이 없었다.

하지만 이렇게 분업화되어 있는 세상에서는 직업의 선택이 무엇보다 중요했다. 그 첫 관문이 대학이 아닌가. 상구다 고심하는 것은 당연했다.

얼마쯤 멍하니 걸었을까?

그렇게 고민하는 도중 잠시 하늘을 올려다보았다. 높지도 낮시도 않은 아파트의 옥상이 우연찮게 눈에 들어왔다.

"어라?"

옥상 위 난간에 한 소녀가 올라가 있었다. 멀리서 보였지만 그녀의 눈에서 눈물이 흐르는 것을 느낄 수가 있었다.

옥상 난간 위로 올라가 눈물을 흘리는 소녀.

누가 보아도 자살을 하기 위해 서 있는 것이었다.

"위험해… 뭔가가 있어……."

주변을 둘러보았다. 낮인데도 사람들의 왕래가 많지가 않았다. 물론 누구든지 봤다면 저 소녀를 말렸을 것이다.

상두는 빠르게 내달렸다.

그는 출입구에서 머뭇거렸다. 이곳으로 올라가 계단을 타는 것은 시간이 걸린다. 주변을 두리번거리고 사람이 없는 것을 확인한 상두.

이에 상두는 땅을 박차고 그대로 뛰어올랐다. 그리고 솟아나온 철구조물들을 잡고 다시 위로 솟구친 후 훌쩍훌쩍 옥상을 향했다.

드디어 옥상에 도착한 상두!

"이봐!"

그는 그녀를 불렀다.

그녀는 힘없이 고개를 돌려 상두를 바라보았다. 눈물로 범벅이 된 눈동자에는 힘이 없었다.

"뭐하는 짓이야!"

상두의 외침에 그녀는 고개를 떨구며 대답했다.

"보면 몰라……? 죽으려는 거잖아."

그녀는 다시 앞을 바라보며 몸을 앞으로 기울였다. 그리고 허공중에서 눈을 감았다.

"안 돼!"

상두는 빠르게 나아가 그녀의 목덜미 잡아챘다. 공중에서 잠시 멈추게 된 그녀를 난간에서 멀어지게 끌어당겨 옥상 바닥에 던지듯 훌쩍 올려놓았다.

한동안 정신을 차리지 못하던 여학생은 이내 자신이 구조된 상황을 인지하고 나자 억울함에 북받쳐 상두에게 소리쳤다.

"뭐야!"

여학생이 상두를 째려보았다. 그리고 상두가 누구인지 깨닫고는 말했다.

"너… 수능 만점자 맞지?"

그녀 역시 상두를 알고 있었다. 방송에서 떠들썩하게 보도하니 알만도 했다.

"도대체 왜 죽으려는 거냐!"

상두의 외침에 그녀는 갑자기 흐느꼈다.

"수능을 망쳤어……. 니같이 공부 잘하는 애기 그 심정을 알기나 해?"

"닥쳐."

상두는 강하게 말했다. 소녀는 눈을 크게 떴다.

보통 이런 상황이라면 감싸주는 것이 맞지 않는가. 하지만 오히려 그는 강하게 그를 나무라기 시작했다.

"이런 걸로 죽고 싶다고?"

"네가 뭘 알아. 수능 만점자가 뭘 아냐고!"

소녀의 외침에 상두는 그녀를 강하게 노려보며 말했다.

"수천의 군사가 겨눈 칼 앞에 서 있어 본 적이 있나?"

당연히 없다. 질문 자체가 생뚱맞다. 그녀는 상두가 도대체 무슨 말을 하는지 알 수가 없었다.

칼이니 군사니······.

하지만 워낙 진지한 상두의 모습에 압도됐다.

"거기까지 갈 필요도 없지. 친구들에게 왕따를 당해서 실족해 봤어? 방세가 없어서 쫓겨날 위기는 겪어 봤어? 어머니가 사채를 써서 잡혀가는 모습을 본 적이 있어?"

상두의 말에 그녀는 고개를 계속 절레절레 흔들었다. 당연히 공부만 해온 그녀가 겪어본 것은 아니었다. 그런 것들을 겪은 사람이라면 이렇게 쉽게 목숨을 내버리려 하지 않을 테니.

"그렇다면 일어나."

상두는 그녀에게 손을 내밀었다.

"수능을 망쳤다고 세상이 끝나는 것은 아니야. 다음이라는

것이 있으니까. 치열한 전쟁 같은 수능이었지만, 안 죽었잖
아? 그럼 또 기회가 있는 거야."

소녀는 멀뚱멀뚱 그를 바라보았다.

"또 기회가… 있다……?"

무언가 시원해지는 것 같았다.

사실 누구도 마음에 담긴 위로는 하지 않았다. 그저 앵무새
처럼, 녹음기처럼 저장된 말로 위로할 뿐이었다. 위로와 함께
마치 다친 사람처럼 날개가 꺾인 새처럼 대할 것이다.

어쩌면 소녀는 다시 또 기회가 있다는 말을 듣고 싶었을 것
이다.

그녀는 상두의 손을 잡았다.

"기회가… 있겠지……?"

"살아가는 한은 언제나 기회가 있어. 그게 인생이지."

"아무도… 나에게 이렇게 말하지 않았어. 누구든지 걱정하
는 것 같았지만 이제 인생이 끝이라는 듯이 말했어. 아이들
도, 어른들도……. 하지만 너는 다르네. 어떠한 어른보다 더
커보여. 나하고 동갑인데."

소녀가 웃음을 보였다. 상두도 역시 환한 웃음으로 화답했
다.

상두는 그녀를 집까지 바래다주었다. 그래야 마음이 편하
였던 것이다.

먼발치에서 그녀의 부모가 그녀를 따스하게 안아주는 모습을 바라보며 흐뭇한 미소를 지었다.

따뜻해진 마음을 안고 이내 곧 상두는 집으로 향했다.

"어라?"

상두의 집 앞에 검은색 세단이 주차되어 있었다. 번호판을 보니 이곳의 번호판은 아니었다. 서울의 번호판이었다. 누군지 궁금해진 상두는 집으로 빠르게 향했다.

"어? 어머니."

아직 일하는 시간인데 어머니도 돌아와 계셨다.

그 맞은편에는 검은 정장을 입은 사람이 있었다. 안경을 쓰고 있는 것이 냉철해 보였다. 그는 일어나 상두를 맞이했다.

"아, 박상두 군인가?"

"누구신지……?"

상두의 조심스러운 물음에 그는 명함을 꺼내 그에게 내밀었다.

인세대 입학처장 강유명.

우리나라에서 세 손가락 안에 드는 대학의 처장!

"인세대의 처장일세."

"그런데 이런 지방까지 무슨 일로……?"

"어린 학생인데 굉장히 담담하군. 이런 경우 놀라는 것이 대부분인데."

상두는 머쓱하게 웃음을 지었다. 하나 그는 이미 예상하고 있었다, 수능을 만점 받았으니 어떤 대학에서든 컨택이 올 것이라는 것을.

"돌려 말하지 않겠네. 상두 자네에 거취 문제에 대해서 이야기하러 왔네."

단도직입적이었다. 상두는 오히려 빙빙 둘러말하기보다는 이러는 것이 더 편하다.

"어머니께는 이미 말씀 드렸네만 학교 소개를 좀 해도 되겠나?"

"아닙니다. 우리나라 세 손가락 안에 드는 대학인데 설명해서 뭣하겠습니까. 본론부터 말씀하시죠."

"역시 성격이 시원시원하군. 수능 만점자의 여유인가?"

농담으로 헛웃음을 보이던 처장은 이제 진지한 표정을 지었다.

"우리 학교에 입학하지 않겠나?"

올 것이 왔다. 이미 예상한 일이지만 고민은 되었다.

상두는 잠시 생각에 잠겼다.

"앞으로 다른 대학에서도 영입제의가 오겠지. 하지만 우리 대학만큼 조건을 제시하지는 않을 걸세. 우리의 조건은 등록금 전액 면제에 유학까지 지원하지."

파격조건인 것 같았다.

하지만 입학금 전액 면제는 이해가 되도 유학비는 이해가 되지 않았다.

"그렇게 큰 조건을 내거는 이유가 뭡니까?"

"대학도 어떻게 보면 장사지. 자네같이 수능 만점자가 서울대를 가지 않고 우리 대에 온다면 충분히 홍보효과가 있으니까. 게다가 이번 우리 교내에서 새로운 인재 발굴 프로젝트가 있네. 그 첫 번째 대상자가 자네가 되었으면 해서 말이야. 자네는 운도 좋은 편이야."

상두는 고개를 끄덕였다.

저 정도 조건이라면 충분히 귀가 솔깃한 제안 아닌가. 다른 대학들은 저보다 더 좋은 조건을 제시할 것 같지는 않았다.

"더 원하는 조건이 있다면 될 수 있으면 다 늘어주겠네. 그러니 잘 생각해봐."

그렇게 말하고 처장은 일어나 옷깃을 다시 접어 정갈히 했다.

"어머님, 그럼 저는 가보겠습니다. 상두 군도 잘 생각해보게."

일어나 정갈히 목례하고 밖으로 나갔다. 더 이상 구차하게 물고 늘어지지도 않는 깔끔한 모습이었다.

처장이 나간 것을 물끄러미 바라보던 어머니는 나지막이 읊조렸다.

"상두야 밥 먹자."

어머니는 특별히 말이 없었다.

보통의 어머니들 같으면 지금쯤 파티를 하든지 난리가 날 것이었다. 그것이 아니라 해도 좋아하며 아들을 격려해야 하는데 상두의 어머니는 표현하지 않았다.

분명히 좋아하고 있을 테지만, 그저 묵묵히 아들을 위해 밥을 차려줄 뿐이었다.

그래도 상두가 기특했는지 오늘은 특별히 삼겹살이 반찬으로 올랐다. 이것이 그녀가 할 수 있는 가장 큰 격려이며 즐거움의 표현이었다.

고기를 잔뜩 먹은 상두는 방에 가서 누웠다.

"이제 대학을 가겠구나."

이 세계에 와서 있었던 여러 가지의 일들이 주마등같이 흘렀다.

이곳에 떨어져 산에서 생활하고 난 것과 어머니의 사채꾼들을 벌하는 능능…….

그저 2년에 가까운 시간인데도 꽤나 긴 시간같이 느껴졌다. 대륙에서의 일은 이제 까마득한 옛일이 되었다. 그만큼 이곳의 생활에 익숙해진 것 같았다.

대륙이 그리운 것도 사실이었다.

그곳에서의 상두, 아니, 카논은 피스트마스터였다. 최강의 권격가였던 것이다. 그런 명성을 다시금 누릴 수 없으니 아쉬운 것도 사실이다.

"하지만……."

하지만 이곳에서 또다시 그런 명성을 누릴 기회를 얻었으니 이 또한 행운이다. 누구에게 이런 기회가 주어지겠는가. 어쩌면 이것은 신이 그에게 내려준 축복일 것이다.

"일단 대학이라는 곳에서 열심히 공부하고 명성을 얻어가는 거야."

상두는 위를 향해 손을 뻗었다. 그리고 강하게 주먹으로 쥐었다. 그렇게 그는 열심히 살겠노라 다시금 결심했다.

CHAPTER 02

내 힘은 이 정도……

상두는 산속에 있었다.

출석 체크만 하고 그는 밖으로 나온 것이다.

어차피 학교에 가도 할 것이 없었다. 비디오나 보여줄 뿐이었다. 어차피 시긴 때우기.

이럴 거면 왜 수능을 마친 학생들을 학교로 부르는지 이해가 되지 않았다.

상두로서는 학교에서 시간을 그냥 죽이기에는 너무나 무료했다. 무료하기민 한 것이 아니라 아까웠다.

역시 수련을 해야만 했다.

사실 그에게 지금 수련이 절실한 것은 아니었다.

어떻게 해도 대륙으로 다시 돌아가는 방법은 없었다. 최고급 초천재 마법사가 아닌 다음에야 워프도 불가능하다.

하나 힘을 키워봤자 이곳에서는 사용할 수도 없었다. 전쟁이 많지 않은 평화의 시대였다. 대한민국은 휴전중인 데도 이렇다 할 국지전 하나 벌어지는 경우가 드물었다.

게다가 전쟁도 화약무기로 이루어졌다. 대륙에서야 화약무기가 없어서 백병전이 대세라고는 하지만 이곳에서는 그럴 필요가 없었다.

하지만 그의 스승은 그렇게 말씀하셨다.

"수련은 힘만 얻는 것이 아니다. 올곧은 마음을 얻는 것이다."

수련은 힘을 얻기 위해서만은 아니었다.

올바른 정신을 위해서는 수련을 해야 한다.

요즘 수능이라는 틈바구니 속에 있다 보니 정신력이 많이 해이해졌다. 물질문명 속에 살다 보니 점점 속물근성도 생기는 것 같았다.

역시 수련이 필요하다.

그는 명상에 잠겼다. 명상을 통해 주변의 기연 에너지를 흡수했다. 그리고 완전히 자신의 것으로 만들기 위해 온몸으로 순환하는 것을 잊지 않았다.

상두는 이미 육체를 운영하는 법을 영혼으로 마스터하고 있어 뇌에 옮겨 놓은 상태. 몸에 아직 완전히 익은 것은 아니었지만 그래도 지금은 육체의 단련보다는 에너지를 모으는 것에 집중했다.

"후우……."

명상을 마쳤다. 상두의 몸을 감싼 채 일렁거리던 푸른 기운은 이제 훅하고 사라졌다.

상두는 천천히 자리에서 일어났다. 그리고 주위를 두리번거렸다.

"이게 좋겠군."

산에 박혀 있는 바위로 다가갔다. 그러고는 손가락으로 강하게 찔러 넣었다.

"흠……."

집게손가락이 한마디 정도가 들어갔다. 손가락이 들어간 주변으로는 균열조차 없었다. 원래 이런 구멍이 있었던 것처럼 말끔했다.

"이 정도가 최선인가."

상두는 사실 실망했다. 그의 예상으로는 손가락 두 마디 정도는 들어갈 것으로 예측했다.

물론 이 정도도 대단한 것이다.

한국에 있는 암석들은 오래되고 조직 자체도 균일한 것들이 많아서 꽤나 단단하다.

그런 바위에 손가락 한마디를 넣다니…….

그것도 마치 두부에 넣듯이.

보통의 인간이라면 상상도 못할 일이었다.

사실 이것이 타격을 해서 부수는 것보다 훨씬 어렵다. 에너지를 한 점에 모아 주변에 충격을 가하지 않고 깨끗하게 구멍만 만드는 것.

이는 에너지의 합리적인 유용과 고도의 집중력을 요한다. 에너지의 유용하는 방법과 집중력이 제대로 자리를 잡혔다는 사실에 상두는 그나마 만족해야 했다.

"이 정도면 그 멧돼지 정도는 한 방에 죽일 수 있겠군."

그가 설악산에서 조난당했을 때에 잡은 멧돼지가 생각났다.

그 정도 크기의 멧돼지는 성날 백닌에 나올까 빌까 힐 정도로 컸다. 그런 멧돼지를 일격에 쓰러뜨렸다.

사실 운이 많이 따라줬기 때문이었다. 하지만 이번에는 운이 아닌 순수한 실력으로 일격에 제압할 수 있을 것이다.

"하지만… 내 실력을 제대로 알아봐야 해. 어느 정도인지……."

자신의 실력이 이곳에서 어느 정도 수준인지 알고 싶어졌다. 상두는 그런 고민을 가지고 산을 내려왔다.

종례 후 상두는 바로 어머니께 향하지 않았다.

일부러 금오산자락의 끝에서부터 금오산 도립공원 입구까지 나아갔다.

어머니도 뵐 겸 축지도 사용해 볼 겸 겸사 겸사였다. 특히 축지는 일직선은 쉽게 나아갈 수 있지만 장애물이 있거나 굽이진 길은 제대로 된 컨트롤이 아니면 힘들다. 도시에 있는 산치고는 산세가 험준했다. 축지를 시험하기 좋았다.

상두는 집중력을 다해서 내려가기 시작했다.

사람들이 없는 쪽으로만 해서 다녔다. 괜히 그의 능력이 알려지면 이 세상에서는 시끄러워진다. 괴물 취급할지도 모른다. 그러다 보니 산세는 더 험해졌고, 고도의 집중력이 필요했다.

"흠······."

산 아래로 내려온 상두는 자신의 상태를 살폈다. 긁힘 하나 없이 잘 내려왔다. 예전만큼의 속도를 낼 수는 없었지만 축지도 어느 정도 완성이 되어갔다. 명상을 통한 집중력 향상이 도움이 되었다.

"윽······."

갑자기 그는 주저앉았다.

온몸의 힘이 갑자기 빠지는 것 같은 느낌!

"이… 상하네……."

분명히 에너지는 배꼽 아래에서부터 온몸으로 원활하게 돌아가고 있었다. 에너지의 흐름이 문제는 아니었다.

이것은 명백하게 육체의 문제.

"육체가 견디지 못하는 것인가."

상두의 에너지가 수련을 통해서 급격하게 늘어나고 있었다. 에너지를 운용하는 고급 기술도 사용할 수 있었다. 하지만 그 늘어난 에너지를 육체가 견디지 못하는 것 같았다.

에너지를 사용하려면 그만큼의 육체의 힘이 바탕이 되어야 한다.

어느 정도 육체가 완성됐다고 생각했지만 그것이 아니었다.

"내일부터는 육체 운용을 다시 해봐야겠다."

상두의 불찰이었다.

하지만 상두는 실망하지 않았다. 잘못은 누구나 한다. 다시금 바로잡으면 되는 것이다. 그렇게 상두, 카논은 성장해 온 것이다.

그는 숨을 고르게 쉬며 다시금 육체를 진정시켰다. 에너지를 천천히 돌려 갑작스러운 일에 놀란 육체가 진정되었다.

"그래도 생각보다 빨리 안정이 되는군."

그는 재차 걸음을 옮겨 어머니에게로 향했다.

가는 길에도 계속해서 몸을 움직여 놀란 육체를 계속해서 진정시켰다. 어머니의 일터까지 오니 몸은 완전히 안정이 되었다.

"음……?"

멀리서 보이는 어머니는 누군가에게 계속해서 고개를 숙이고 또 숙였다. 무언가를 잘못한 사람의 모습이었다.

"무슨 일이지?"

그는 어머니가 모르게 조금 떨어진 곳으로 갔다. 말소리가 어느 정도 들리는 곳에서 상황을 살폈다.

"아줌마, 지금 며칠 밀렸는지 알아?"

"죄송합니다, 죄송합니다……. 내일은 꼭 일수 찍겠습니다."

"지금 장난해?"

상두의 어머니와 대화를 하며 목소리를 높이고 있던 사내, 그는 다름 아닌 일수꾼이었던 것이다.

보통의 노점상들의 경우 사정이 많이 어려운 경우 일수로 변통을 받는 경우가 간혹 있다. 일수는 하루 벌어서 하루 먹고사는 대출이 쉽지 않은 그들로선 유용할 때가 있는 돈이다. 하지만 이는 매일매일 잘 갚을 때의 이야기이고, 그렇지 못한 나면 그것은 독약보다 더 독하다. 이것 또한 사채이기 때문이다.

"저 사람은……."

상두는 저 사람을 언젠가 본 적이 있었다. 어머니에게서 꼭 몇만 원씩 받아가곤 했다. 그리고 도장도 찍어주었다. 상두는 그것이 일수였단 사실을 이제야 깨달았다.

"일수가 며칠 밀릴 정도로 사정이 안 좋은가……."

며칠간 상두의 유명세로 장사가 잘 되나 싶었다. 하지만 그 것도 잠시뿐이었던 것이다. 언제나 한국민들은 부르르 끓었다가 양은냄비마냥 쉽게 식는다.

"저렇게 어려운데 왜……."

상두는 그렇게 뇌까렸다. 일수를 쓰면서까지 저 사업을 유지하고 또 쉬는 날에는 청소부까지 하는 이유가 무엇일까? 하지만 그 이유를 상두는 분명하게 알 수 있었다.

"나 때문에……."

상두는 일수꾼이 돌아가도 어머니에게 갈 수가 없었다.

차마 어머니를 볼 수가 없었던 것이나. 보았다가는 눈물이 왈칵 쏟아질 것 같았다. 상두의 육체에 남아 있는 감정이 아니었다. 카논 역시 눈물을 쏟을 것 같았다. 그는 그대로 말없이 집으로 돌아가기로 결정했다. 어머니에 대한 아픔에 아무런 말도 할 수 없기 때문이었다.

그렇게 상두는 집으로 돌아가는 도중 계속 주변을 돌아보았다.

그가 돌아본 이유는 전봇대나 벽에 있는 붙어 있을 광고지였다. 단기간에 일당을 받을 수 있는 일이 없을까 찾아본 것이다. 하지만 그런 일자리는 없었다.

이렇게 일자리를 찾는 것은 어머니를 위해서였다. 고민 끝에 상두가 떠올린 것은 김말구였다. 그러면 상두를 아주 좋게 봤기 때문에 도와줄 것이다.

"여보세요! 소장님."

상두가 전화를 하자 김말구는 살갑게 받아주었다. 하지만 일자리는 구해는 보겠지만 잘 모르겠다고 한다. 겨울인데다가 건설 경기도 안 좋아졌다고 한다. 무엇보다 인근에는 공사장이 없고 한참을 이동해야 하는 곳에 건설 현장이 있다보니 일하기에 불편할 것이라 했다.

"어쩔 수 없지……."

상두는 어깨를 늘어뜨리고 바닥을 보았다.

"뭐지, 이건……?"

조그마한 광고지였는데 벽에 붙어 있었던 듯 모서리마다 테이프가 붙어 있었다.

—스파링 파트너 모집!

초보자 환영. 싸울 줄 몰라도 괜찮습니다! 오래 버티기만 하면 됩니다! 한 건당 5만 원!

　　Tel) 010—XXXX—XXXX

　　　　054—XXX—XXXX

"스파링 상대를 구한다라……."

격투기 도장 전단지였다. 격투기 선수의 스파링 파트너를 구한다는 내용이었다.

상두는 혹했다.

스파링 파트너라면 그냥 링 위에 올라가서 맞아주면 되는 것 아닌가? 자신의 육체의 한계를 시험하기에도 좋은 일이었다.

상두는 서둘러 전화를 걸었다.

"네, 안녕하세요. 광고지 보고 전화 드립니다. 네. 네."

상두는 통화를 계속했다.

긍정적인 평가였다. 구미 바닥이 그리 넓지 않으니 현역 격투기 선수와 스파링할 사람은 그리 많지가 않았던 것이다.

"네, 알겠습니다. 내일 찾아 뵙겠습니다."

상두는 조금 찜찜했다. 거짓말을 했던 것이다.

태권도나 권투 등 격투기를 배웠냐는 질문에 그렇다고 했다. 뭐 크게 거짓말은 아니었다. 그가 스승에게 배운 것도 격투가 아닌가.

이 세계의 격투를 배우지 않았을 뿐.

*   *   *

상두는 다음 날 도장으로 찾아갔다.

인동의 도장이었다.

꽤나 규모가 큰 곳이었다. 문하생도 많았고 사범들도 꽤나 '포스'가 있어 보였다. 모두 현역 격투기 선수였다.

"무슨 일로 오셨죠? 가입하러 오셨습니까?"

사범 중 한 명이 나아와 상두에게 물었다. 상두는 당당하게 대답했다.

"스파링 상대를 구한다고 해서 왔습니다."

사범은 상두를 여러 번 훑어보더니 고개를 갸웃거리며 사범에게로 갔다. 사범은 선수들에게 미트를 들고 훈련 중이었다. 사범의 말에 연습을 잠깐 중단시키고 상두에게로 다가왔다.

"아, 자네가 박상두 군인가?"

악수를 청하는 그는 아직도 현역인 듯 몸이 좋았다. 악수를 받으니 악력이 일반인보다 확실히 강했다.

"그 몸으로 스파링할 수 있겠나?"

관장은 먼저 상두의 몸 상태부터 걸고넘어졌다. 겉으로 보기에 상두의 몸이 그리 좋아 보이는 편이 아니다 보니 걱정되서 묻는 말이었다.

"충분히 할 수 있습니다."

관장은 고개를 끄덕였다.

상두의 몸이 마른 근육이라고는 하지만 복싱을 한 사람들 중에는 이런 체격도 꽤 있으니 말이다.

"자, 일단 가세."

관장은 링으로 상두를 안내했다.

링 위에는 날카롭게 생긴 남자가 서 있었다. 잘생긴 얼굴이기는 했지만 풍겨지는 느낌이 위험해서 미남으로 느껴지지는 않았다.

그리고 근육이 아주 잘 발달되었다. 근육을 과도하게 키운 것이 아닌 마치 '엔더슨 실바'와 같이 잘 빠진 몸매였다. 유연성도 있어 보였고 타격력도 제법 보유하고 있을 듯했다.

상두가 링 위료 올라가자 관장이 설명했다.

"전체 3라운드. 라운드당 3분. 방식은 입식타격이다. 쓰러진 상대를 가격하면 안 되고 급소 공격도 안 돼. 이 정도만 숙지하고 시작하자고."

관장의 말에 상두는 고개를 끄덕였다.

"이거 받아라."

글러브와 헤드기어, 호구와 정강이 보호대였다.

상대도 글러브와 정강이 보호대를 받았다. 하지만 헤드기어는 착용하지 않았다. 상두만 헤드기어와 호구를 착용해야 하는 점이 자존심이 상했지만 일단 착용했다. 그는 지금 대결을 위해 온 것이 아니다. 돈을 벌기 위해서 왔다. 고용주 측에서 원하는 것은 다 해줘야 한다.

두 사람은 링 중앙으로 왔다.

"흠……."

링 위에 오르는 굉장히 좁게 느껴졌다. 정해진 룰이 있고 또한 정해진 링의 규격이 있다. 이것이 답답하게 느껴지는 상두였다. 언제나 개활지에서 목숨을 걸고 싸워온 상두에게는 불리한 조건일 수도 있었다.

그래도 그는 파이팅하여 앞으로 나아갔다.

'일단 에너지는 사용하지 말아보자.'

그는 에너지를 사용하여 육체를 강화시키는 짓은 하지 않기로 했다. 일단 순전히 온전한 상두 육체의 힘만을 느껴보고 싶은 것이었다.

'헉……!'

상대가 달려들었다.

상당히 빨랐다.

게다가 좁은 링 위에 익숙한 그의 쇄노는 밖에서 보는 것과는 차원이 달랐다.

빠르게 주먹을 내질렀다. 상두는 피하기 위해 몸을 조금만 움직였지만, 코너에 몰리고 말았다. 주먹은 빠르게 다가왔다. 그는 고개를 움직여 피했지만 헤드기어를 스쳤다.

'흠, 이 정도는 피할 수 있겠군.'

몰렸지만 그래도 피할 수 있는 정도의 속도였다. 상두는 그 속도에 제대로 반응하고 있었다.

하지만 그렇게 생각하는 찰나!

그의 앞면을 향해 잽이 날아 들었다!

"크윽……!"

휘청이는 상두.

피할 수가 없었다.

잽이지만 타격은 상당했다.

'당하지만은 않아.'

상두는 다시금 자세를 잡았다. 그리고 집중력을 강하게 끌어 올렸다.

공격을 피했다.

집중을 하니 못 피할 정도는 아니었다. 하지만 이대로 계속 피하기만 하면 스파링이 되지 않는다. 상두는 피하는 것을 그만두고 가드를 올려 방어일변도로 나아갔다. 그리고 가끔 공격을 내질렀다.

큰 공격이 아닌 잽 위주.

하지만 잽도 타격이 계속 쌓이다 보면 꽤 문제가 된다.

'이대로 있다가는 내가 이기겠는데?'

상두는 공격을 일부러 아슬아슬하게 그가 피할 수 있게 해 댔다. 티가 안 나게 최대한 노력했다. 그제야 상대는 마음 놓고 공격을 펼칠 수 있었다.

세 번의 공이 울렸다.

모든 라운드가 끝났다.

"움직임이 꽤 좋네?"

링 가장자리로 돌아온 상두에게 관장이 말을 걸었다. 상두는 숨을 헉헉 쉬며 대답을 하지 않았다.

물론 연기다.

"체력은 좀 약해 보이는군. 그래도 잘하는구만. 다음에 또 부를 테니까, 이걸 받아."

상두는 관장의 말에 속으로 피식 웃을 수밖에 없었다.

그는 하나도 지치지 않았다. 하지만 상대는 조금 지쳤는지 옅은 숨을 내쉬었다.

관장은 지갑에서 돈을 꺼냈다.

신사임당이었다.

"감사합니다!"

상두는 감사가 절로 나왔다. 진단지에 찍힌 대로 정말로 5만 원이었다. 9분이면 뚝딱! 이건 완전 거저먹기가 아닌가.

상두는 그렇게 밖으로 나갔다.

밖으로 나가는 그의 뒷모습을 상대는 유심히 쳐다보았다. 기분 좋은 눈초리는 아니었다.

밖으로 나온 상두는 허리를 쭉폈다.

"연기하기도 힘들군."

이제 밖으로 나왔으니 힘든 연기를 할 필요는 없었다. 평상의 모습으로 돌아왔다.

"흠……."

몸 상태를 살폈다.

다친 곳도 없고 크게 힘들게 느껴지지도 않았다. 상두의 육체는 격투기 선수 정도는 충분히 제압할 수 있는 정도로 성장해 있었던 것이다.

"에너지를 활용한 고급 기술만 쓰지 않으면 버틸 수 있는 정도의 체력까지는 성장했다는 말이지?"

그의 몸을 더욱더 성장시킬 필요가 있었다. 상두는 시간이 날 때마다 수련을 게을리하지 말아야겠다는 생각을 하게 되었다.

그날 이후 상두에게 스파링 제의가 많이 들어왔다.

그날 보였던 스파링이 꽤 관장의 마음에 들었던 모양인지 인근의 다른 도장들에서도 연락이 들어왔다. 최근 스파링 파트너를 구하기 어렵다는 점에서 나름 저렴한(?) 상두가 반응이 좋았다.

뛸 할 때마다 액수는 천차만별이었다. 삼만 원을 주는 곳도 있었고, 오만 원을 주는 곳도 있었다. 그래도 다른 일당에 비한다면 적은 돈은 아니었다. 덕분에 어머니에게 용돈을 타지 않을 정도는 되었다. 아니, 오히려 돈을 모을 수 있었다. 몇 차례 도장들을 돌며 스파링을 뛰었더니 이미 모은 돈도 몇십만 원 정도가 되었다.

상두는 카논의 영혼이 들어오기 전부터 어머니께 일주일 단위로 용돈을 꼬박꼬박 타갔다. 카논이 들어온 초기만 하더라도 역시 아무것도 모르고 용돈을 받았다. 하지만 이제 받지 않았다. 아니, 받을 수가 없었다. 어머니가 얼마나 어려운지 피부로 느낀 탓이었다.

수련도 게을리하지 않았다.

그의 몸의 에너지를 모두 사용하려면 육체의 강도를 늘리는 것이 중요했다. 에너지를 모으고 운용하는 것은 뒤로 미루고 육체부터 강화했다. 그래야만 카논의 힘을 제대로 발휘할 수 있을 것이다. 게다가 이는 스파링을 뛰는 데 있어서도 도움이 되는 부분이었다.

"갑자기 어머니의 토스트가 먹고 싶어지네."

그날의 수련을 마친 그는 어머니께 향했다. 가끔 이렇게 어머니의 햄토스트가 먹고 싶을 때가 있었다.

이번에도 일수꾼이 있었다.

어머니는 오늘도 고개를 숙이고 굽실거리고 있었다. 상두는 피가 거꾸로 솟는 듯한 느낌이 들었다. 아무리 돈을 빌렸기로서니 나이 많은 사람을 아이처럼 나무랄 수 있는가.

하지만 이성을 잃었다가 사고를 치면 오히려 어머니에게 해를 끼친다. 그는 머리끝까지 솟아 오른 화를 누그러뜨렸다.

"아 진짜 이 아줌마가!"

일수꾼은 어머니를 밀어버렸다!

"저 자식이……!"

상두는 앞뒤 가릴 것 없이 달려가 일수꾼의 앞에 섰다. 갑자기 자신의 앞에 사람이 나타나니 깜짝 놀란 일수꾼이었다.

"이 새끼가 미쳤나! 갑자기 어디서 나타난 거냐!"

그는 상두의 멱살을 거머쥐었다. 상두는 인상을 찌푸렸다. 누군가가 자신의 몸에 좋지 않은 감정으로 손을 댄다는 것은 것은 기분 좋은 일은 아니다.

"미쳤냐? 감히 내 앞을 가로 막아? 이 애송이 새끼가!"

그가 상두를 위협하자 어머니는 옆에서 말리며 미안하다는 말만 계속했다. 하지만 상두의 눈빛은 절대 죽지 않았다.

"어린놈의 새끼가 눈깔 안 깔아!"

상두는 멱살을 잡은 그의 손목을 잡았다. 일수꾼는 그의 악력이 느껴지는 듯 인상을 찌푸렸다. 하지만 그쪽 말로 '가다'를 잡을 수 없어 티는 내지 않았다.

"이 새끼가 어디서 이 지랄이야!"

"어머니가 밀린 일수가 얼마냐."

상두의 나지막한 물음에 그는 코웃음을 쳤다.

"한 삼십 된다. 지금 줄 수 있냐?"

그는 상두의 집 사정이 좋지 않다는 것을 알고 있었다.

삼십만 원도 바로 줄 수 없을 만큼.

그렇기 때문에 이렇게 와서 괴롭히는 것이다. 이것도 일종의 그에게는 유희인 것이었다. 하지만 상두는 이때를 위해 돈을 모아놓고 있었다.

"내가 지금 줄 테니까 이것 좀 놓지?"

"이 새끼가 진짜 미쳤나!"

그는 정말로 화가 난 듯 억지로 상두의 손목을 잡은 손을 뿌리 치고 주먹을 들었다.

"오냐, 네 새끼가 죽고 싶은 모양이구나!"

강하게 내려쳤다.

"어라?"

일수꾼이 공중으로 떠올랐다. 갑자기 빚어진 거짓말 같은 일에 그도 이해가 되지 않는다는 눈치였다. 쓰러져야 하는 것은 상두가 아니었던가.

그대로 일수꾼은 바닥으로 처박혔다.

상두는 공격도 없었다. 아무도 그의 공격을 볼 수가 없었다. 당한 일수꾼조차도.

그저 일수꾼 혼자서 넘어진 것 같았다. 하지만 상두는 에너지를 운용하여 튕겨져 나가게 한 것이다. 그것을 아는 사람은 아무도 없었다.

"자, 여기 있다 돈!"

상두는 그의 얼굴로 사십만 원을 집어 던졌다.

"며칠 일수까지 줬어. 그러니까 도장 확실히 찍어. 네놈들한테 돈을 빌린 게 잘못이긴 하지만 이자 높게 쳐서 돈 벌어 처먹는 네놈들은 흡혈귀다!"

상두의 행동에 주변의 상인들이 박수를 쳤다. 그들 역시 이런 일수놀음에 피해자들이기 때문이다.

"이 새끼가 미쳤나!! 폭행죄로 감옥소 가고 싶어!!!"

상두는 어깨를 슬쩍 들어올리며 말했다.

"내가 언제 네놈을 때렸지? 누구 본 사람 있습니까?"

상두의 소리 높여 묻자 구경하던 행인도, 노점의 상인들도 아니라고 대답하기 시작했다. 일수꾼은 당황스러웠다. 일어나 상두를 죽도록 패고 싶었지만 보는 눈들이 많아 그렇게 하지는 못하였다.

"여기에 도장 찍어."

상두는 일수수첩을 꺼내서 내밀었다. 일수꾼은 못마땅한 듯 그것을 뚫어져라 쳐다보았다. 하지만 이제 주변에서 찍어 주라는 식으로 압박이 느껴졌다.

그는 끽소리도 못하고 일수 도장을 찍어 주었다. 보는 눈이 많기 때문이었다. 여기서 더 이상 난동을 부린다면 오히려 역풍을 맞을 수 있다.

그는 주위를 두리번거렸다. 사람들의 시선이 곱지가 않다.

"아줌마, 일수 똑바로 찍어……."

그는 기어들어 가는 소리로 상두 어머니께 말했다. 이미지를 살려야 한다.

이미 많이 구겼지만 더 구겨지지 않기 위해 노력했다. 이미지가 망가지면 이 지역에서 장사하기 힘들어진다.

그가 돌아가자 상인들은 환호성을 질러댔다. 아무래도 지금까지 당한 것이 있으니 묵은 체증이 쑥 내려가는 느낌이었다.

"어머니, 일수 얼마나 남았어요?"

상두는 문득 묻는다.

하지만 그녀는 대답하지 않고 되물었다.

"돈은 어디서 난 거니?"

"알바해서 번 거예요."

"그럼 너 쓰지……."

"지금 상황에서 어머니 그게 할 말이세요?"

상두의 일침.

그녀의 어머니는 한참이 말이 없더니 눈시울이 붉어졌다.

말하지 않았지만 자식에게 손 벌리면서까지 살아가고 싶지 않았던 것이다. 아버지가 떠나고 그녀는 안 해본 일이 없이 고생을 하며 상두를 키웠다. 하지만 현실은 여자 혼자 몸으로 가정을 꾸리기에는 지독하리만큼 잔인하다.

드디어 벽에 부딪치고 만 것이다.

"언제까지 저에게 이런 것을 숨기고 사실 거예요? 저도 저도 이런 상황에 대해 알고 있어야죠."

"하지만……."

"저도 다 컸어요. 이제 어느 정도 저하고도 상의하셨으면 좋겠어요. 다른 누구도 아닌 저 하나뿐인 어머니 아들이라고요."

상두의 말에 그녀는 고개를 끄덕였다.

"그래, 내가 너를 너무 어린아이로만 보았구나."

이제 상두가 커보였다. 언제까지 아이인 줄로만 알았더니 이제는 어른이 되어 가고 있었던 것이다.

부모라고 아이에게 제대로 힘들다는 것을 말하지 않고 살아가는 것은 쓸모없는 고집일지도 모른다. 그렇게 고집을 부리는 가운데에도 아이들은 커나간다. 그것을 인지 못하는 부모들이 세상에는 너무도 많다.

*   *   *

상두는 이제 스파링 일을 그만두기로 결정했다.

곧 대학 입학으로 서울로 상경해야 하고, 어느 정도 그의 몸에 맞는 에너지 운용을 알아낸 것이다. 지금 가지고 있는 에너지의 팔십퍼센트 정도는 사용해도 몸이 버텨내는 정도까지 된 것이다.

일반 선수들과의 대결에서 가장 많이 사용한 에너지량은 총량의 10분의 1정도.

아직까지 그 이상은 사용해 본 적이 없었다. 지금의 에너지로는 수치적으로 따진다면 일반인들보다 10배 정도는 강하다는 말이 된다. 말이 열배지 실제적으로는 20배 이상은 될 것이다.

"그만두려니 아쉽네."

스파링 일이 쉽고 돈도 되서 좋았는데 아쉽기도 했다. 그의 스파링 실력이 사방으로 소문이 나서 지금은 대구나 인근 도장에서까지 제의가 와서 골라서 갈 정도였다. 그렇다 보니 한 체육이나 한 선수에게 여러 번 일을 제의가 들어온 적도 있었다.

하지만 한 선수만 단 한 번 스파링을 뛰었고 그 이후 아무런 제안이 없었다.

그것은 제일 처음 시작했을 때 상대했던 인동의 체육관의 입식타격 선수였다. 그와는 한 번 더 마주하고 싶었다. 지금까지 스파링한 상대 중에서 가장 눈에 띄는 선수였다. 그때는 몸속에 흐르는 에너지를 사용하지도 않았는데도 인상에 깊게 남았다.

전화가 왔다.

호랑이도 제 말하면 온다더니,

"여보세요, 네! 관장님."

인동의 체육관의 관장이었다.

"아, 네! 곧 가겠습니다."

상두가 스파링 상대로 관장들에게 선호되는 것은 이렇게 부르면 바로 달려간다는 것이었다. 그래서 으레 관장들은 그날 바로 연락하는 편이었다.

오늘은 상두가 기다렸던 그 인동의 입식타격 선수.

사실 알고 봤더니 그는 K-1 한국 챔피언이라는 것을 알게 되었다.

이름은 박기원.

세계 랭킹도 꽤나 높았다.

어쩐지 자세나 여타 다른 것들이 다른 선수들과는 많이 다르게 보였다. 상두의 인상에 남을 만했다.

상두는 인동의 체육관으로 향했다. 들어가니 이미 준비가 되어 있었다. 보통은 상두가 와야지만 준비를 하는데 오늘은 달랐다.

뭔가 느낌이 달랐다.

이건 마치 정말 대회를 보는 것 같은 긴장감이었다.

"잘 왔네."

관장이 상두를 맞이했다.

그의 얼굴에는 미소가 감돌긴 했지만 역시 긴장감도 있었다.

'도대체 이 이질감은 뭐지?

상두는 의아하면서 링 위로 올랐다.

맞은편 코너의 박기원의 눈매가 매서웠다. 이것은 연습의 눈빛이 아니었다. 말하자면 전쟁에 들어서는 무사의 눈빛이랄까?

그와 반대로 상두는 그렇게 긴장감이 없었다. 여느 때나 다름없는 그저 스파링일 뿐이었다. 큰 의미를 부여하고 싶지 않았던 것이다.

"헤드기어는?"

상두의 물음에 관장은 재미있다는 듯 대답했다.

"기원이가 자네와 보호 장비 없이 하고 싶다고 하더군."

"뭡니까, 저하고 상의도 없이?"

"어차피 너도 필요 없잖아?"

관장의 말에 상두는 잠시 눈살을 지푸렸다. 어쩌면 관장도 상두의 실력이 엄청나다는 것을 알고 있었던 것이다.

고개를 절레절레 흔들고 앞으로 나아갔다.

공이 울리고 라운드가 시작되었다.

상두는 언제나처럼 스파링이었다. 상대의 공격을 피하고, 또 막고, 티가 나지 않게.

하지만 오늘 기원의 공격이 달랐다. 날카로움이 없었다. 한국 챔피언이라는 사람이 국내 랭킹에 간신히 든 선수보다 날카로움이 없었다. 하지만 눈빛은 어떤 누구보다 매섭고 빛났다.

"헉……!"

기원이 상두에게 클린치를 걸었다. 시작하자마자 클린치? 지난번 보았던 기원의 격투 스타일이 아니었다. 상두는 당황했다.

"뭐냐, 네 실력은 이게 아니잖아? 기분 나쁘니까 최선을 다해."

그는 상두에게 그렇게 읊조렸다. 상두는 그제야 그의 의도를 알 수가 있었다.

"하지만 난 최선을 다하는데요?"

"내가 너의 최선을 끌어내겠다."

기원은 뒤로 물러났다.

도대체 이게 무슨 말이란 말인가. 그냥 스파링인데.

아무래도 상두가 첫 스파링 때 너무 티가 나게 봐주었던 것에 기원은 기분이 나빴던 것이다.

기원은 빠르게 달려들었다.

날카로웠다.

정말로 날카로웠다. 스파링 때와는 전혀 다른 사람이었다. 마치 상두를 죽일 것처럼 덤벼들었다. 몸속 에너지를 끌어내지 않은 상두가 버거울 정도였다.

이것이 바로 프로 격투가의 실력이란 말인가!

'이 세계의 인간의 힘을 조금 얕잡아 본 모양이군.'

이 정도라면 대륙에서도 꽤나 통하는 권격가가 될 것 같았다.

상두는 이제야 제대로 정신을 집중했다. 평소의 스파링처럼 한다면 상두가 당할지도 몰랐다.

공방전이 시작되었다.

날카롭고 높은 타격음이 사방으로 퍼져 나갔다. 구경하던 관원들은 숨을 죽였다. 두 사람의 대결은 K-1 세계대회에서도 쉽게 찾아볼 수 없을 명경기를 펼치고 있었다. 이런 것을 놓칠 격투기 선수들이 아니다.

상두는 지금의 대결이 꽤나 재미가 있었다. 오랜만에 느껴보는 희열이었다.

그것은 기원도 마찬가지였다. K—1을 하면서도 이런 상대를 만나본 적이 없었을 것이다.

그는 상두와 스파링 이후 자신의 실력이 너무도 모자라다는 것을 깨닫고 미친 듯이 훈련했다. 지금 그 훈련의 성과가 나타나고 있었다.

공은 울리지도 않았다.

아무도 공이 울리지 않은 것을 눈치채지 못하고 있었다.

모든 사람이 두 사람의 공방전을 넋을 놓고 바라보는 것이었다. 지금의 대결에서 공이 울리는 것은 죄악이라고 느껴질 정도였다.

'더 이상은 그만이다.'

하지만 상두의 눈초리가 심가해졌다. 기원 역시 권격가. 지금 그는 이 대결에 혼신의 힘을 다하고 있었다. 상두가 즐겁다고 이 대결을 끌어간다면 기원의 진심으로 장난을 치느니 것밖에 되지 않는다. 기원이 아무리 강하다고 한들 상두의 상대가 될 수는 없었다.

"끝내주마!"

상두의 눈이 번뜩였다.

그의 손에 푸른 기운이 아지랑이처럼 맺힌다.

그의 번뜩이는 안광에 기원은 움찔했다. 하지만 그 역시 알아주는 격투가!

멈출 수는 없었다.

"어림없다!"

그는 주먹을 내질렀다.

크로스카운터!

간발의 차로 상두의 주먹이 기원의 앞면에 작렬했다.

쿠궁!

강렬한 소리였다.

강렬한 소리만큼이나 두개골은 강렬하게 흔들렸다. 덕분에 기원은 그래도 무너졌다.

그는 K—1 한국 챔피언이다.

맷집도 상당하다.

그런데 그를 단 일격에 쓰러뜨린 상두.

모두들 놀라서 입을 다물지를 못했다. 어떻게 크로스카운터가 진행되었는지 알 수가 없었다. 하지만 명승부다.

십 초 이상의 시간이 흐르자 모두들 정신을 차렸고 기원의 상태를 살피기 위해 달려들었다.

"척…… 힉……"

다행스럽게도 정신은 잃지 않았다.

갑자기 느껴지는 강렬한 고통이 숨이 턱 막혀 잠시간 육체의 기능이 멈춘 것이었다. 상두는 기원에서 손을 뻗었다. 기원은 상두의 손을 처음에는 잡지 않으려 했지만 히죽 웃더니 잡고 일어났다. 그는 패배도 인정할 줄 아는 멋진 챔피언이었다.

상두가 링에서 내려오자 관장이 칭찬했다.

"자네 대단하군."

그의 눈이 매의 눈처럼 빛난다. 상두가 실력이 있는 사람인 줄은 알았지만 이 정도일 줄은 몰랐던 것이다.

"자네, 격투기 해볼 생각이 없나?"

그의 말에 상두는 일언지하에 거절했다.

"아뇨. 저는 따로 할 일이 있습니다."

"할 일?"

"일단 대학교 입학이 목표입니다."

관장은 잠시 움찔했다. 대학교에 가겠다는 친구를 이런 험한 길로 내세울 수는 없었다. 하지만 대학을 진학한다고 해도 성공이 보장되는 것은 아니지 않는가. 지금 상두의 격투센스와 능력이라면 그의 생각에 빠른 시일에 세계 재패도 가능했다.

"대학이 성공의 전부는 아니지 않는가. 다시 생각해보지 않겠어?"

상두는 단호했다.

"아니, 싫습니다. 짧은 알바는 괜찮지만, 주먹질로 먹고 살고 싶지는 않습니다."

그는 잠깐 아르바이트 형식으로 돈을 버는 것은 괜찮았다. 하지만 본격적으로 그의 주먹을 이용해 돈을 벌 생각은 없었다. 그의 주먹은 늘 세상을 구하던 주먹이다.

게다가 대륙에서 주먹으로 돈을 버는 것은 투기장 노예들이나 하는 짓이다. 물론 노예가 아니더라도 투기장에서 돈을 버는 자들이 있지만 그들은 나락으로 떨어진 인생막장들이다. 그런 자들이나 하는 짓을 하려니 마음에 절대 내키지 않는 것이다.

"자네의 실력이 너무 아까워서 말이지. 우리나라는 물론 세계도 재패할 수 있는 그런 인재야."

"아뇨, 싫습니다."

거듭되는 상두의 거절에 관장은 인상을 찌푸린다. 이런 대어를 놓치고 싶은 관장은 없을 것이다. 하지만 본인이 싫다고 하니 더 이상 끌어도 역효과가 날 것이다.

"그래, 오늘은 그냥 가도 상관이 없네. 하지만 난 포기한 것이 아니야. 자네라면 정말 세계재패도 꿈이 아니야."

"그럴 일 없을 겁니다."

"꼭 그렇게 될 거네."

상두는 인사도 제대로 하지 않고 밖으로 나왔다. 계속 머물러 있다가는 끈덕지게 회유를 할 것 같았다.

"네가 언젠가는 네놈을 세계 챔피언으로 만들어 주겠어."

관장은 상두의 뒷모습을 보며 씁쓸히 웃음 지었다.

밖으로 나온 상두는 가슴이 두근두근 떨려왔다.

"오랜만에 피가 끓어올랐군."

이곳에 와서는 이런 식으로 피가 끓어본 적이 없었다. 잠자고 있던 투사로서의 본능이 어느 정도 튀어 나왔다.

그는 문득 대륙이 그리웠다.

아무 생각 없이 투사의 본능을 표출할 수 있었던 그때가 너무도 그리운 상두였다.

CHAPTER **03**

눈꼴 사나워, 니들

"이곳이 인세대학교로군."

우리나라의 2위의 대학.

많은 인재를 양성하는 그곳이었다.

결국은 인세대학을 선택했다. 유학을 보내주겠다는 조건이 가장 마음에 와닿은 것이다. 이 세계에 와서 경험해 본 국가는 대한민국 뿐. 다른 국가를 경험해 보고 싶은 상두였다.

"기숙사로 가려면 이쪽인가."

당연히 생활은 기숙사로 정했다. 학교에서 기숙사도 면제를 해주었기 때문이다. 이 나라는 무엇이든 1등만 하면 좋은 대우를 해준다.

기숙사가 규율이 있어 자취를 하고 싶었지만 자취를 하면 들어가는 돈이 많아진다. 형편을 생각하면 역시 기숙사다.

기숙사에 들어갈 짐은 단출했다.

그의 옷가지가 몇 개가 전부.

수능 만점자라면 책이라도 몇 권이라도 있어야 할 텐데 그는 정말로 단출했다.

"네가 수능 만점자냐?"

기숙사에 미리 입실한 룸메이트.

그의 자리에는 여러 가지 피규어가 놓여 있었고, 컴퓨터 바탕화면도 미소녀 애니메이션 캐릭터로 도배가 되어 있었다.

이른바 '오덕후'.

상두는 오덕후라는 것을 알고는 있었지만 관심이 없어 잘은 모른다. 하지만 그에게서 뿜어져 나오는 음험한 오라에 잠시 뒤로 주춤했다.

"잘 부탁한다능."

그가 손을 내밀어 악수를 청했고 상두는 아무렇지 않게 악수를 받아주었다.

"한 명은 아직 안 들어왔나 보군."

"모른다능. 어차피 아싸 같다능. 우리 방은 아싸 방이라능."

상두는 뒤로 다시금 주춤 물러났다.

아싸라니……!

아싸는 아웃사이더의 준말로서 학교생활에 잘 어울리지 못하는 학생들을 말한다.

"아무튼 잘 부탁한다."

상두는 그렇게 말하고 짐을 정리했다.

다음 날 상두는 입학식에 들어갔다.

수능 만점자라고 인사말을 하라고 했지만 거절했다. 그런 식으로 나서는 것은 질색이다.

주변에서 소곤거리는 소리가 들려왔다.

"저 사람이 만점 받은 사람 맞지?"

"생각보다 얼굴도 생겼네?"

"삐쩍 말랐을 거라고 생각했는데."

자신을 품평하는 것 같은 대화들.

귀에 거슬렸지만 참고 입학식을 견뎌냈다.

아무래도 자신이 입에 오르내리는 것은 아무래도 그가 오리엔테이션 이른바, OT에 나오지 않아서인 것 같았다. 아무래도 수능 만점자가 OT에 나오지 않으니 오히려 화제가 된 것이다.

입학식이 어영부영 끝났다.

활동적인 성격의 상두에게 이런 격식을 갖춘 행사는 마음에 들지 않았다.

"아! 상두야!"

누군가가 그를 부른다.

상두는 뒤를 돌아보았다. 익숙한 목소리였다.

"아, 수민아."

수민이었다.

그녀 역시 인세대학교에 지원했고 입학했다. 그녀의 성적도 서울대에 합격할 수 있는 정도였지만 아무래도 상두를 따라 지원한 것 같았다. 하지만 상두는 그것을 알 리가 없었다.

"너무해. 어떻게 입학할 때까지 한 번도 연락이 없을 수 있니? 내가 연락을 해도 받지도 않고."

"아아… 학교 입학 준비 때문에."

"아무튼 나한테 잘못한 거지? 나중에 밥 한 번 사! 잠깐만요, 선배!"

수미는 벌써 동아리를 정했는지 모임을 향해 달려 나가고 있었다.

"뭔가 많이 변했네."

상두는 수민의 달라진 모습에 놀랐다. 학교 다닐 때와는 다르게 굉장히 밝아졌다. 아무래도 그를 얽매던 것들을 모두 끊고 새로 시작했으니. 게다가 얼굴도 예뻐서 이곳에서 인기가 꽤 많을 것 같았다.

"흠, 나도 동아리에 들어야 하나?"

상두가 그렇게 고민하는 중에 소곤거리는 소리가 들려왔다.

"쟤 아냐? 건물 하나 지어주고 들어왔다는 애?"

"쟤 미국 있을 때 마약도 했다고 하지 않았던가?"

"유명한 애잖아. 재벌집 손자라던가?"

상두는 본인의 이야기를 하는 줄 알았더니 아니었다. 스포츠카에 오르던 한 남자에게 하는 이야기였다.

'기여 입학인가……'

상두는 기여 입학에 대해 들어 보기는 했다. 하지만 직접 보니 속에서 화가 치밀어 올랐다. 말이 기여 입학이지 돈을 뿌리고 학교에 들어온 것이 아닌가. 12년 동안 열심히 공부한 이들도 들어오기 힘든 이곳에 돈으로 들어오다니……

상두는 이해할 수 없는 듯 고개를 절레절레 흔들고 기숙사를 향했다.

*   *   *

대학교 식당으로 들어선 상두.

이곳은 다른 식당보다 가격도 싸고 맛도 좋다. 이런 좋은 식당을 놔두고 밖에서 밥을 먹는 학생들이 그는 이해가 되지 않는다.

상두는 오늘도 혼자서 밥을 먹었다.

OT를 가지 않으니 사람들과 친해질 계기가 없었던 것이다. 동아리를 들고 싶었지만 그가 들고 싶은 동아리도 없었다. 그렇다보니 수능 만점자라는 타이틀이 오히려 독이 되고 있었다. 사람들의 눈에 상두는 건방져 보였던 것이다. 살가운 성격이 아닌 그는 그런 오해들을 그대로 두고 있었다.

그는 그렇게 철저히 더 '아싸'가 되어갔다.

하지만 상두는 상관없었다. 어차피 그가 이곳엔 온 목적은 공부다. 그 외의 것은 귀찮은 것도 사실이었다.

카논이었을 때에도 그는 혼자서 지내왔다. 왕래가 없는 건 아니었지만 그렇다고 친한 친구라 할 사람들은 없었다. 다들 파티를 맺어 마왕을 쓰러뜨릴 때에도 그는 혼자서 다니곤 했다. 그것이 그의 삶의 방식이고, 그렇게 몸에 배너 친구들이란 존재가 귀찮은 것도 사실이었다.

그렇게 식사를 하는 상두의 눈에 띄는 그런 사람이 하나 있었다.

그는 밥을 먹고 있는데도 노트북을 들고 무언가를 열심히 두들기고 있었다. 주변을 계속 눈치 보는 것이 무언가 나쁜 짓을 하는 것 같았다. 그렇다고 야동을 보는 것 같지는 않았다. 야동을 이렇게 이곳에서 대놓고 볼 리가 없으니까.

'거 참 이상한 녀석일세.'

상두는 그를 그래도 유심히 그를 바라보았다.

"상두야?"

그의 맞은편으로 누군가가 와서 앉는다. 그 나이 또래처럼
풋풋하지만 아름다운 그녀는 수민이었다. 상두는 그녀를 보
고 눈인사를 했다.

"오늘도 혼자 밥 먹는 거야? 친구들은 사귀었어?"

그녀는 상두에게 이런저런 것을 묻는다.

상두는 웃음을 보이며 그녀의 이야기를 들어줄 뿐, 대답하
지 않았다. 그녀는 대학 생활에서 겪은 일들을 상두에게 풀어
놓고 있었다. 상두는 그것을 가만히 듣고만 있었다. 그 모습
에도 그녀는 신이 나는 듯 계속 이야기를 했다.

수민은 많이 변해 있었다. 고등학교 때에는 시쳇말로 '찌
질이'였다. 꾸미지도 않았고 큰 안경을 쓰고 있어서 예쁘지
가 않았다.

하지만 지금은 다르다. 안경도 벗어 던지고 콘택트렌즈를
착용했다. 화장도 연하게 해서 청초해 보였고, 머리 모양도
많이 세련되어 보였다.

무엇보다 예전처럼 자신감이 없어 어깨를 떨구고 다니지
않았다. 당당히 어깨를 펴고 아가씨처럼 예쁘게 걷는 그녀

였다.

"수민아."

누군가가 수민에게 다가온다.

기여 입학으로 들어왔다는 재벌의 손자.

그녀는 그와 많이 친해보였다. 이야기를 나누는 모습이 정겨워 보였다. 상두는 그 모습도 좋게 보였다. 늘 상두와만 다니던 그녀였기 때문이다.

"미안, 오늘 약속이 있어서. 다음에 봐, 상두야."

그녀는 그와 함께 밖으로 나갔다.

또다시 혼자.

혼자인 것이 좋았던 상두였지만 이 세계에 와서는 가끔씩 외로움을 느끼곤 했다.

식사를 마친 상두는 밖으로 나왔다. 간단히 유자차를 한 잔 뽑아서 마셨다. 그러고는 지나다니는 학생들을 바라보았다.

명품 가방을 메고 다니는 여성들.

그 뒤를 따르는 남학생들은 여러 가지 승용차를 몰고 있었다. 가끔 고급 외제차도 보이는 것 같았다.

"다들 잘사는 건가?"

상두는 그 모습에 고개를 갸웃거렸다.

모든 학생이 그렇지는 않다. 무두가 얼빠진 청춘들일 뿐이다.

'공부를 하기 위해 대학에 왔으면 공부에 매진해야지……'

상두는 이해할 수가 없었다. 대륙에서 대학과 비슷한 곳이라면 마법사들이나 현자들이 공부하는 공간이 있었다. 그들은 마법과 지식을 위해 잠자는 것도 포기하고 매진한다. 그렇기에 세상이 발전이 있었다.

그들과 비슷한 대학생들이 저러고 다니니 사회 발전이 있겠는가? 하지만 그들의 잘못이 아니다. 대한민국이라는 나라의 구조의 문제. 대학은 그저 간판일 뿐이다.

수업을 모두 마쳤다.

대학은 수업을 자신이 정할 수 있으니 바쁘지 않게 정해놨다. 공부에 원래부터 관심이 크게 없던 상두는 재적당하지 않을 정도로만 공부할 수 있는 시간표였다. 그러다 보니 시간이 남아서 지루한 것도 있었다. 늘 언제나 바쁘게 움직이는 것을 즐기는 상두였다.

그 지루한 시간대에 아르바이트를 하고 있었다. 김말구 소장의 회사에서 장학금이 나와서 이곳 생활은 어렵지 않지만, 알바를 통해서 어머니에게 조금씩 돈을 붙이려는 이유에서였다. 하지만 오늘은 일이 없었다.

"한숨 자볼까?"

할 일이 없으니 그는 잠을 청했다. 무료할 때는 자는 것이 최고다.

애니를 좋아하는 오덕후 녀석은 정모 겸해서 어디론가 가서 오늘은 안 들어올 것이다. 옆에서 계속 알아듣지도 못할 말을 하고 혼자서 춤까지 따라하며, 인형까지 애지중지하니 보기에 좋지가 않았다.

물론 그런 사람들의 취미를 무시하는 상두는 아니었다. 그렇다고는 해도 취미라는 것은 정도가 있는 것이다. 정도를 벗어나면 당연히 보기 좋지가 않다.

어쨌든 오늘은 오덕후 룸메이트가 없으니 편하게 지낼 수 있을 것 같았다.

하지만 그의 평화는 오래가지 않았다.

창문이 열리는 소리가 들렸다. 안에는 상두밖에 없는데 누구란 말인가. 그는 눈을 가늘게 떴다. 창문을 넘어 누군가가 들어온다. 외부인은 아닌 것이다. 이곳은 경비도 잘되어 있어서 외부인은 침입할 수 없다.

"누구냐!"

상두가 벌떡 일어나 큰소리로 경계했다. 깜짝 놀란 침입자는 뒤로 자빠졌다.

"쉿!"

상두가 다가오자 침입자는 손가락으로 자신의 입술을 가

리며 이야기했다.

"잠깐 들어온 거니까 시끄럽게 굴지마."

"너는?"

상두는 그를 알 수가 있었다.

점심시간에 식당에서 봤던 그 '아싸'였다.

"네가 왜 우리 숙사에 들어와 있어. 뭐 훔치러 들어온 거
아니야?"

"여기는 내 숙사이기도 해."

그는 몸을 털고 일어났다.

상두는 번뜩 생각나는 사람이 있었다. 베일에 싸여 있던 기
숙사의 룸메이트였던 것이다.

그는 자신의 자리에서 무언가를 찾는지 뒤적거렸다. 그가
꺼낸 것은 컴퓨터 USB에 꽂을 수 있는 장치였다.

"그래, 여기 있었군."

장치를 확인한 그는 다시 창문으로 훌쩍 뛰어 넘는다.

상두는 흥미가 동해 밑을 바라보았다. 배관을 타고 내려가
고 있었다.

그는 그에 대해서 흥미가 느껴졌다. 새로운 사람을 만나서
나쁠 것도 없고, 왠지 그가 상두와 비슷하다고 느꼈던 것이
다. 동질감에 상두는 그에 대해서 알고 싶어졌다.

상두는 창문으로 훌쩍 뛰어 내렸다.

그러자 배관을 타고 내려오던 룸메이트가 놀라고 말았다.

"너 뭐야?"

배관을 타고 내려온 그는 상두의 모습을 보고 물었다. 사람으로서 어떻게 삼층 높이를 이렇게 훌쩍 뛰어내릴 수 있단 말인가. 사람이 가볍게 대할 수 있는 높이가 절대 아니었다.

"운동을 좀 했지."

상두의 너스레에 룸메이트는 '흥!' 하는 소리와 함께 자기갈 길을 갔다. 상두는 그 뒤를 종종걸음으로 쫓았다.

룸메이트는 근처 벤치에 앉아서 노트북을 열었다. 그러고는 기숙사에서 가지고 온 무언가를 노트북의 USB에 달아놓는다. 그러자 화면에서 보통의 OS 부팅화면과는 다른 화면으로 부팅이 되었다.

"뭐하는 거야?"

상두가 옆으로 다가와 앉자 그는 깜짝 놀라서 노트북을 덮었다.

"신경 껐으면 좋겠는데?"

상두는 고개를 끄덕이고 옆에서 하늘을 바라보았다. 그는 상두를 의식하며 계속 컴퓨터를 만지작거렸다.

"뭐하는 거야?"

상두가 다시 빼꼼히 쳐다보았다. 이제는 그는 피하지 않았다. 상두가 이런 쪽에는 문외한이라는 것을 알고 있었던 것이다.

"해킹 중이다. 신고하려면 신고해봐. 이미 경찰서 여러 번 다녀왔으니까."

그의 말에 상두는 재미있다는 그것을 바라보았다. 해킹은 상두도 이름만 들어봤지 어떠한 개념인지 알 수가 없었다.

"우와!"

무엇인지는 몰라도 놀라움은 있었다. 룸메이트가 타자를 몇 번치니 여러 가지 문자들이 주르륵 생성되며 저장되고 있었다. 상당한 실력을 가지고 있는 것 같았다.

"지금 뭐 해킹하는 거냐?"

"정부 사이트. 실험 중이야. 여기서 뭘 해먹고 있나 캐내고 있지."

그렇다는 것은 정보를 캐낼 수 있는 기술이 있고, 또 그것을 알 수 있다는 것 아닌가. 상두는 놀라고 말았다.

"우와! 마치 현자 클래스 같잖아!"

상두의 말에 룸메이트는 상두를 바라보았다.

"클래스? 뭐야? 게임 같은 이야기잖아. 너, 게임 좋아하냐?"

그의 눈이 빛나고 있었다.

아무래도 그는 게임이 관심이 많은 것 같았다. 상두는 사실 대륙에서의 직업이 룸메이트와 비슷해서 이야기한 것뿐이었다.

"아아, 그냥 관심이 가는 분야이긴 하지."

상두의 대답에 그는 신이 나서 말을 장황하게 꺼내기 시작했다. 그가 하고 있는 게임의 이야기였다. RPG가 어떻고, 액션 어드밴쳐가 어떻고…….

상두는 3분의 1정도만 알아듣고 있었다. 그것도 상두의 머릿속에 있는 정보로 하는 것이었다. 상두의 몸속에 있는 카논의 영혼으로선 이것에 대해서 제대로 알 리가 만무했다.

"내 꿈은 해커가 아니야."

"그럼?"

"언젠가 가상현실 게임을 만드는 게 꿈이야. '소드아트 온라인'이라고 알아?"

"아니."

상두가 그 애니메이션을 알 리가 없었다.

"가상현실 게임이 배경인 애니메이션이야. 그 애니메이션에서 나온 게임처럼 꼭 만들고 말거야."

그의 말에 상두는 고개를 끄덕였다.

흐뭇한 웃음도 지었다. 그저 '아싸'인 줄로만 알았지만, 그는 꿈이 있는 사람이었다. 꿈이 있는 사람은 마음도 맑다. 이런 사람은 친해놓아도 좋은 사람일 것이다.

"난 박상두. 네 이름은?"

"난 한철진."

상두가 먼저 용기를 내서 두 사람은 통성명을 했다. 철진도 상두에 대해서 그리 나쁜 인상이 아닌지 웃음을 보였다. 상두 역시 좋은 친구가 생긴 것 같아 기분이 좋았다.

"응?"

상두의 표정이 굳어진다. 그의 귀가 쫑긋 서며 움직였다.

그는 지금 멀리 어디선가 들리는 소리를 잡아낸 것이다. 남성과 여성이 투닥거리는 소리였다. 정확히 말하면 여성이 당하고 있는 소리였다.

상두는 자리에서 벌떡 일어났다.

"왜 그래?"

"잠깐만 어디 좀 다녀올게."

상두는 일어나서 소리가 나는 쪽으로 다가갔다.

"아니!"

상두는 놀라고 말았다.

누군가가 여자를 덮치고 있는 모습이었다. 금방이라도 당할 것 같은 일촉즉발의 위기!

"이 자식이!"

상두는 더 지켜볼 것도 없이 달려가 남자의 팔을 꺾었다.

"누, 누구야!"

"나다, 이 자식아."

상두는 그를 노려보았다. 그는 기여 입학제도로 들어온 재벌집 손자였다.

"상두야……."

더 놀란 것은 밑에서 울먹이는 여자가 바로 수민이었던 것이다. 그 모습을 보니 상두는 화가 머리끝까지 솟구치는 것 같았다. 하지만 화를 누그러뜨려야 한다. 그가 정말로 힘을 쓰면 정말로 죽일 수도 있었다.

그는 그를 밀쳤다. 넘어진 그 '놈'의 배를 그대로 걷어찼다.

"크윽……!"

그는 고통에 몸부림쳤다. 하지만 기어코 정신을 차려 외쳤다.

"이 자식아! 내가 누군지 알아! 삼선 그룹 회장이 우리 할아버지야! 죽고 싶어!"

그 모습에 화가 나던 상두는 화를 삭였다. 자신의 힘이 아닌 가족의 힘을 과시하는 한심한 사람…….

이런 놈에게 화를 내는 것 자체가 상두의 힘이 아깝다.

"병신 같은 놈."

상두는 이곳에 와서 처음으로 욕설을 내뱉으며 그의 배를 다시 걷어찼다.

"크윽……!"

내장이 꼬이는 듯한 고통에 그는 다시 몸부림쳤다.

"네 할아버지가 삼선 그룹 회장이든, 대통령이든, 왕이든 누구든 상관없다. 네놈 같은 손자를 생산한 것을 봐서는 네놈 할아버지도 똑같겠군!"

상두가 그를 다시 내려칠 듯 겁을 주자 그는 상두의 박력에 겁을 집어 먹고 도망치기 시작했다. 더 이상 맞으면 죽을 것만 같았던 것이다.

"이성만 회장의 손자 '이동민'. 할아버지가 회장이라고 해도 회사는 없고, 부동산, 현금 부자. 현금 동원력은 우리나라 탑 20위 안에 들고……. 대학은 그저 간판 때문에 온 거 같네."

도망치는 그를 바라보며 누군가가 뒤에서 읊조렸다. 상두의 룸메이트 철진이었다.

"그런 걸 다 어떻게 알아?"

"내가 뭘 하는 사람인지 듣고도 까먹었냐?"

상두의 질문에 그는 반문했다. 상두는 그를 신경 쓸 겨를도 없이 수민을 향해 달려갔다.

"수민아."

그는 수민을 챙겼다. 그나마 크게 화를 당한 것 같지는 않았다. 하지만 소금만 늦었어도 그녀는 큰일을 치르고 말았을 것이다.

"저 자식 질도 좋지 않아 보이는데 왜 같이 다니는 거야?"

"내가 저런 사람인 줄 알았겠어……."

수민은 충격을 많이 받았는지 몸을 부들부들 떨었다. 어느 여자가 이런 상황에서 안정이 될 수 있겠는가.

"앞으로 저 녀석이 다시 치근덕거리면 나한테 이야기해."

수민은 고개를 끄덕였다.

상두는 그녀를 오피스텔에 데려다 주었다.

그녀의 호실까지 데려다 주고 그녀가 들어가는 것까지 꼼꼼히 체크하고 나서야 그는 돌아갈 수가 있었다. 마음 같아서는 집에서 지켜주고 싶었지만 남자가 같이 있는 것은 지금 그녀에게 더 힘겨운 일일 수도 있었다. 그는 문단속을 철저히 하라는 말만 남겼다.

"그런데 어떻게 하지……?"

상두는 오피스텔에서 나와서는 걱정했다.

시간을 보니 어느덧 기숙사 통금 시간을 넘겨버린 뒤였다. 이제 다시 돌아갈 수도 없을뿐더러 만약에 걸리게 되면 벌점을 받고, 그 벌점이 쌓이면 기숙사 수칙에 따라서 퇴실해야 될 수도 있다.

상두는 일단 사람들이 보지 않는 뒤쪽으로 돌아가 기숙사의 뒤편에 섰다.

"여어~"

한철진도 있었다. 오늘은 그도 기숙사에서 잠들 모양이었다.

"역시 이 길밖에 없지?"

상두의 물음에 한철진은 배시시 웃었다.

"웃차."

상두는 손쉽게 배관을 타고 쓱쓱 올라갔다. 그 모습에 한철진은 탄성을 내질렀다.

"마치 언차티드의 네이트 같군. 아니 어쎄신 크리드의 알테어 같은 건가?"

정말로 그는 게임이 나오는 캐릭터처럼 기민하게 잘도 타고 올라갔다.

"도대체 무슨 운동을 하면 저렇게 되는 거야?"

그는 상두의 모습에 놀라움을 금치 못하고 있었다. 하지만 놀라고 있을 수만은 없었다. 순찰을 도는 경비의 모습이 포착된 것이다.

"이크……."

그는 빠르게 배관을 타고 올라갔다.

기숙사에 돌아온 상두는 자리에 누우려고 했는데,

"같이할래?"

그는 비디오 게임기를 꺼냈다. 요즘은 Wii나 X—Box가 잘 나가는데 그가 가지고 있는 게임은 Ps3였다. 아무래도 이쪽 게임기가 취향에 맞는 것 같았다.

"판타지 배경에 무쌍류 게임이야. 2인플도 가능해."

상두는 고개를 끄덕였다. 권하는데 굳이 사양할 필요는 없었다.

그렇게 두 사람은 게임을 즐겼다.

"오호라……."

상두는 처음 접해본 게임에 재미를 느낄 수가 있었다. 타격감도 좋았고, 그래픽도 눈을 끌 만했다. 예상외로 잘 몰입할 수 있었다.

"아……!"

상두의 눈시울이 붉어졌다.

게임의 캐릭터가 마을로 들어선 이후였다. 마을의 모습이 그렇게 정교하지는 않았지만 마치 대륙의 모습을 보는 듯 정겨웠던 것이다. 잊고 살았다고 생각했지만 그는 아직도 대륙의 그리운 모양이었다.

"짜식……! 게임에 감동했냐?"

한철진의 말에 그는 슬쩍 웃음을 보일 뿐 계속해서 게임이 몰두했다.

*　　　*　　　*

오늘도 상두는 철진과 게임을 하고 있었다.

상두도 게임 센스가 좀 있는지 꽤나 실력이 붙었다. 레벨도 꽤나 높았고, 무기도 최강 무기를 가지고 있었다. 점점 강력해지니 재미가 많이 붙어서 철진보다 하는 시간이 늘었다. 물론 레벨도 철진보다 높았다.

이제는 이 비디오 게임기가 철진의 것이 아닌 상두의 것 같았다.

"아……. 이제 못 당하겠는데? 나보다 죽이는 몹 수가 더 많잖아."

"하하, 이제 알았냐?"

상두는 더욱더 게임을 즐겁게 했다. 그러던 중 철진은 자꾸만 시계를 쳐다보았다. 시계를 쳐다보는 빈도가 많아진다 싶더니…….

"난 나가봐야겠다."

철진이 일어났다.

"또 도박하러 가는 거냐?"

"야, 그냥 취미생활이라고 해주면 안 되냐?"

상두의 물음에 그는 퉁명스럽게 되물었다. 하지만 상두는 아버지나 형인 양 그에게 잔소리를 했다.

"도박은 좋은 게 아니야."

"알아, 임마……. 맛만 볼 거야. 어제 꿈이 길했단 말이야.

돼지가… 아! 꿈은 말하면 효력이 떨어지지? 크큭."

철진의 말에 상두는 고개를 끄덕였다.

설마 가산탕진을 할 정도 판이 캠퍼스에서 벌어지지는 않을 것이다. 그저 재미 삼아서 벌이는 일일 것이다.

"후우……. 대륙이나 여기나……."

대륙에 있을 때에도 도박이 문제가 되는 경우가 많았다.

카논의 지인들 중에서도 가산을 탕진하고 힘겨워하던 이도 있었다. 그는 그때에 도박을 배워 친우를 사기 도박단을 덜미를 잡은 적이 있었다.

"재미없네……."

상두는 게임을 혼자 하려니 재미가 덜한지 게임을 끄고 밖으로 나갔다. 방 안에만 있으려니 답답했던 것이다.

"에고……. 여기가 학교냐, 뭐냐……."

상두는 밖으로 나와 캠퍼스의 전경을 보며 한숨을 내쉬었다.

캠퍼스의 잔디밭에서 술판이 벌어지고 있었다. 술판은 교내에서만이 아니었다. 학교 주변으로는 주점이 즐비했다. 유흥 거리가 즐비했다.

밤이면 술 먹고 고성을 지르고 구토하는 사람들 등 학교 근처라고 생각할 수 없는 일들이 벌어진다.

술판을 벌이지 않는다고 해도 전부 도서관에서 미친 듯이 공부를 하고 있다. 하지만 그 공부는 대학 학과 공부가 아니었다.

그것은 취업준비였다.

학문을 위해 정진해야 하는 캠퍼스의 모습은 변해 버린지 오래다.

"캠퍼스의 로망이 사라졌다……."

아니 애초에 캠퍼스의 낭만 따위는 없었다. 이곳 역시 어쩌면 치열한 삶의 현장의 연장선일 뿐일지도 모른다.

"너 그 이야기 들었어?"

"오늘 또 성문이가 털렸다며?"

"그래……. 거기에 악마가 있대."

상두는 벤치에 앉아서 이야기 하는 남학생들의 이야기를 귀를 쫑긋하고 들었다.

악마가 있다니…….

이곳에서도 마족이 있단 말인가? 이런 평화로운 곳에도! 상두의 표정이 심각해졌다.

하지만 이야기를 더 들어보니 그런 의미의 악마가 아니었다. 도박판에서 초심자들을 생각도 안하고 악랄하게 이겨버리는 사람을 말하는 뜻이었다. 도박판에서는 승패에 따라 돈도 날아가니 악마로 보일 수밖에 없었다.

갑자기 철진이 걱정이 되었다.

하지만 걱정할 필요는 없을 것이다. 컴퓨터를 그렇게 잘하는 사람 아닌가. 도박은 사기도박만 아니라면 컴퓨터 같은 것을 잘 다루는 사람들 같이 계산에 빠른 사람이 유리하다. 아무 일도 없이 잘해낼 것이다.

며칠이 지났다.

오랜만의 휴일에 알바도 쉬는 날이라 늦잠을 잤다.

상두는 눈을 뜨자마자 오늘도 철진과 게임을 하기를 기대했다.

이 게임이라는 것이 계속하다 보니 은근히 중독도 되는 것이 재미가 쏠쏠했다. 온라인게임은 경쟁심을 자극했고, 싱글게임도 도전 의식을 자극했다.

어제는 상두가 직접 국제전자센터에 들러 게임 소프트를 하나 '업어' 왔다. 요즘 꽤나 '핫' 한 소프트여서 상두는 어젯밤부터 기대했다.

하지만 철진은 보이지 않았다. 아침 일찍부터 외출한 모양이었다. 상두는 기대가 무너졌다.

"어디 간 거야?"

상두의 물음에 오덕후 룸메이트는 귀찮다는 듯 대답했다. 그는 밤새 잠을 자지 않은 듯 다크서클이 턱 아래까지 내려와 있었다. 아마도 아침 일찍이 나간 철진에 대해서 잘 알고 있을 것이다.

"오늘 또 포커."

상두는 알았다는 듯 고개를 끄덕였다. 그는 또다시 모니터에 들어갈 듯 애니메이션을 시청하고 있었다.

'좋지 않은데…….'

상두는 걱정이 되었다.

도박을 하러 아침 일찍 나갈 정도면 빠져도 단단히 빠진 것이다. 이 정도면 상태가 심각하다. 가산 탕진은 물론이거니와 그의 인생까지도 망칠 수 있다. 본인은 아니라고 하지만 도박의 중독은 이렇게 시작된다. 중국 속담에 도박은 손발을 잘라도 한다지 않았던가. 그 도박은 마작이지만 그만큼 무서운 것이다.

상두는 어쩔 수 없이 혼자서 게임을 했다. 구매해온 게임을 묵혀둘 수는 없으니 굉장히 궁금했던 것이 사실이었다.

게임에 몰두한 지 몇 시간이 지났을까. 배에서 꼬르륵 소리가 날 때쯤이었다.

기숙사의 문을 열렸다. 문을 열고 들어온 것은 철진이었다. 그는 어깨를 축 늘어뜨리고 있었다. 얼굴에는 절망감이 가득했다. 무슨 일이 있는 것이 틀림이 없었다.

"상두야……."

"응?"

게임에 몰두해 있던 상두는 무심결에 대답했다. 하지만 이 윽고 그의 목소리가 잠잠한 것이 걱정이 되어 뒤를 돌아보았 다.

"상두야……."

그는 울먹였다.

그리고 그의 얼굴에는 절망감으로 가득했다. 상두는 놀란 듯 눈을 크게 떴다.

"무슨 일이야?"

"나 어떻게 하냐……."

상두는 걱정이 되어 게임을 종료하고 옆에 앉았다. 그가 옆 에 앉아 눈물을 뚝뚝 흘렸다.

"나 다 털렸다……."

"뭐를!"

"노트북이고, 내 스쿠터고 모두… 털린 정도가 아니 야……. 차용증까지 썼어……."

그는 상두에게 무언가 용지를 내밀었다.

그것은 철진의 지장이 찍혀 있는 차용증이었다. 내용은 천 만 원을 한 달 내로 갚겠다는 것이었다.

"뭐야, 왜 이렇게 된 거야? 이거 네가 쓴 거야?"

상두의 물음에 철진은 고개를 끄덕였다.

"이거 말도 안 되는 내용이잖아."

"악마가 있어……. 악마가 내 돈을 다 따갔어……."

악마라는 말에 상두는 인상을 찌푸렸다. 일전에 학생들이 하는 이야기가 떠올랐다. 악마라면 포커를 악랄하게 하는 인종들. 그 인종에게 철진도 당한 것이다.

처음에는 그저 재미로 모이는 모임인 줄 알았다. 하지만 천만 원이라는 큰돈을 잃을 정도면 그 정도가 아니었다. 이것은 그야말로 도박판이었다.

"너 포커를 잘 못하는 거 아냐?"

"아니야. 나로서도 제대로 했다고……. 분명 확률적으로도 내가 이기는 판도 이길 수가 없었어……."

"확률로 이길 수 없는 상대라……."

분명 철진은 머리가 좋다. 수능 만점을 받은 그보다 훨씬 좋다. 상두는 공부를 잘하는 것이고, 철진은 정말로 머리가 좋은 사람이다. 그런 사람이 이렇게 크게 질 수는 없었다. 아무리 도박이 운도 작용한다지만 말이다. 그렇다면 답은 한 가지뿐이다.

"사기꾼 같은데……."

분명 타짜일 것이다.

도박은 확률의 게임이다. 그 확률을 잘 알고 있는 사람은 이길 수밖에 없었다. 그런 확률까지 거슬러 승리했다면 그것은 분명 타짜임이 분명하다.

"이봐. 네가 하는 게임은 어떻게 하는 거야?"

상두의 말에 철진은 상두를 바라보았다.

"왜?"

"내가 가서 돈 따줄게."

상두의 말에 그는 고개를 절레절레 흔들고는 말을 이었다.

"됐어. 너도 가면 털릴걸. 그 자식은 정말 차원이 다른 악마야."

"세상에 악마는 없어. 사기꾼만 있을 뿐이지."

상두의 눈은 절대로 포기할 것 같지가 않았다.

그는 어쩔 수 없이 트럼프카드 한목을 꺼내 펴냈다. 게임의 설명을 들은 상두는 고개를 끄덕였다.

"나도 잘 알고 있는 게임이로군."

게임은 그저 평범한 포커였다. 게다가 이런 류의 게임이 대륙에도 있었다. 쉽게 이해가 되었다. 단순한 게임이지만 단순한 만큼 기술을 걸기도 좋은 게임이다. 철진 같은 기술을 모르는 자라면 당할 수 있다.

"앞장서. 내가 다 해결해 줄게."

상두의 말에 그는 고개를 절레절레 흔들었다. 친구까지 그런 악의 구렁텅이로 몰고 갈 수는 없었다.

"야, 인마! 됐다니까! 너까지 빚지고 싶어? 나도 노트북이고 다 빼앗기고 천만 원이나 빚졌다고! 아무리 수능 만점을 받았다고 이런 것까지 잘할 것 같아!"

"앞장서라면 앞장서!"

상두는 호통을 쳤다.

그의 호통에 철진은 정신이 번쩍 드는 것 같았다.

"그래도 안돼……. 친구까지 끌어 들일 수는 없어."

하지만 그를 막을 수는 없었다.

"친구니까 더 도와주려는 거야."

상두는 그만둘 생각이 없었다. 한번 정하면 그대로 직진으로 나아가는 상두였다. 그는 철진의 목덜미를 잡고 문 앞까지 끌고 갔다. 철진은 질질 끌려 갈 수밖에 없었다.

"앞장서."

할 수 없이 철진은 상두를 이끌고 도박장으로 향했다.

*   *   *

목적지로 향하면서도 철진은 상두를 계속해서 말렸다. 하지만 그는 듣지도 않았다.

도박장은 학교 근처의 오피스텔이었다.

몇 명의 남자가 어깨를 늘어뜨리고 입구에서 나온다. 눈물까지 흘릴 듯 보였다. 아무래도 그들도 다 털리고 나오는 모양이었다.

"여기냐?"

상두의 물음에 철진은 고개를 끄덕였다.

"안내해."

철진은 쭈뼛거리며 상두를 안내했다.

그가 안내한 것은 오피스텔의 맨 위층이었다. 방도 몇 개 없었다.

아무래도 펜트하우스 느낌으로 만들어 낸 고급 오피스텔인 것 같았다.

철진은 위층에서도 맨 끝 방으로 안내했다.

앞에는 덩치가 큰 몇 명의 남자들이 보초를 서고 있었다.

"뭐야?"

그들은 철진을 보고 인상을 찌푸렸다. 분명 안에서 철진에 대해서 들었던 것이다. 더 이상 빼먹을 것이 없다는 것을 알고는 그를 막아선 것이었다.

"지금 볼일이 있는 것은 이 친구가 아니고 나다."

그들은 상두의 옷차림을 훑어보았다. 돈이 있을 것 같은 모습은 아니었다.

"꺼지지 그래?"

상두는 대답도 하지 않았다. 주먹을 날려 그렇게 말한 거한을 쓰러뜨렸다.

그대로 기절한 거한.

철진도 놀랐고 나머지 거한도 놀랐다.

"너도 쓰러지고 싶나, 덩어리……."

그는 고개를 가로저었다. 그들은 거한의 안내로 안으로 들어섰다.

안으로 들어서니 담배 연기가 가득했다. 좋지 못한 공기에 상두는 기침을 콜록콜록했다.

남자들만이 있는 것이 아니었다.

여자들도 있었다. 대부분 낯이 익은 것이 학교에서 꽤나 잘나간다는 학생들이었다. 옷도 가방도 명품이었다. 하지만 머리는 텅 비어 보인다.

이곳에서 돈을 딴 사람에게 들러붙어 명품 가방이나 하나 뜯어낼 요량으로 있는 것 같았다. 상두는 그들을 보고 인상을 찌푸렸다.

'이런 것들이 대학생이라고…….'

그런 상두의 눈에 아는 인물이 보였다.

그는 바로 삼선그룹 회장의 손자 이동민이었다. 그는 마치 낚시에 걸린 물고기를 본 낚시꾼처럼 눈빛이 빛났다.

"이봐, 다 털렸는데 왜 온 거야? 천만 원 가지고 왔어?"

분명 상두를 반가워하고 있었는데 그는 철진을 보고 비아냥거렸다. 철진은 대답을 하지 못하고 그저 쭈뼛거릴 수밖에 없었다.

"이 녀석이 오늘 손님이 아니야. 바로 나지. 앉아도 되나?"

그를 대신하여 상두가 당당하게 말하며 3인 포커가 행해지고 있는 테이블에 비집고 들어가 앉았다. 모두들 인상을 찌푸렸다.

"판돈이 꽤 큰데? 비렁뱅이는 들어올 수 없어."

동민이 상두를 자극했다.

상두의 옷차림은 이곳에 모여 있는 사람들과는 달리 허름한 보세였다. 얕잡아 볼만도 했다. 하지만 그런 것에 휘둘릴 상두가 아니었다.

"이 정도면 되나?"

하지만 상두는 전혀 주눅 들지 않고 품에서 백만 원에 가까운 돈을 꺼내 보였다. 장학금 받은 것 중 얼마를 오는 길에 출금해 온 것이다.

"뭐, 그 정도면 서너 판도 못 선너겠군."

동민의 말에 모두들 고개를 끄덕이며 비웃었다. 그들의 앞에 놓인 현금은 수백만 원이 넘게 있었다.

동민은 패를 섞고 있는 스킨헤드의 남자에게 눈짓했다. 그는 고개를 끄덕였다.

'훗……. 네놈 둘이 짜고 하는 것이로구나.'

남들 모르게 하는 행동이라고 그들은 생각했지만 상두의

눈에는 이미 다 파악되고 있었다. 동민과 저 스킨헤드가 짜고 판을 벌린 것이 분명했다.

'씹어 먹어도 시원찮을 놈들.'

상두는 이를 악 물고 플레이를 시작했다.

그의 눈은 빠르게 돌아갔다. 카드가 어떻게 돌아가고 있는지 계속해서 눈으로 읽고 있었다.

영화 대사 중에 그런 것이 있다.

'손은 눈보다 빠르다.'

하지만 상두에게서 그 말은 통용되지 않는다. 그들이 쓰는 기술이 이미 눈에 보이기 시작했다.

첫판부터 스킨헤드는 서플할 때, 패를 나눌 때 기술을 쓰고 있었다.

기술 쓰는 방식은 대륙하고 거의 유사했다.

이것을 단속해본 상두로서는 코웃음만 나왔다. 기술을 쓰는 방식이 굉장히 서툴러 보였기 때문이다.

'아직 완전한 기술자는 아니로군……'

상두는 비웃음을 보였다.

첫판은 기술에 속아주는 듯 상두가 별 말이 없었다. 그렇다 보니 첫판은 내줄 수밖에 없었다. 50만 원이 순식간에 날아갔다.

'잘 모르는 사람은 충분히 잃을 만 하군……'

상두는 그렇게 속으로 읊조리고 두 번째 판을 이어갔다.

두 판째에는 상두에게 미끼를 던지듯 플래시를 던져주었다. 상두는 의기양양하게 들고 있었지만 죽었다.

그가 죽는 모습에 스킨헤드의 동공이 조금 흔들렸다. 아무리 타짜라고 해도 감정은 드러난다. 일반인은 잡아내지 못했을 테지만 상두의 시야에는 잡혔다. 지금의 판으로 그는 적잖게 당황했다.

다시 패가 돌아간다.

상두는 패를 돌리는 손을 계속해서 바라본다. 천천히 바라보다 빠르게 스킨헤드의 손을 잡았다. 아직 패를 제대로 빼서 돌리기 전이다.

"동작 그만. 밑장 빼기냐?"

상두의 말에 모두들 눈을 크게 떴다. 밑장에서 빼는 것은 분명히 타짜의 기술이다. 그리고 사기도박이다.

"지금 이 패를 밑에서 뺐지? 내가 그것도 모를 병신으로 보이냐?"

"증거 있어?"

스킨헤드가 당황하여 말하자 상두가 그대로 천천히 그의 손을 뺐다. 분명 그의 손은 카드 밑장을 잡고 있었다.

모두들 웅성거리기 시작했다.

정말로 밑장에서 뺀 것이다. 같이 판을 만든 자들은 당황해서 어쩔 수 없었고, 그렇지 않은 사람들은 지금까지 당했다는 생각에 울분을 토했다.

　일순간 분위기는 험악해졌다. 도박판에서 사기 치는 것이 간파되면 그것은 살인을 해도 할 말이 없어진다.

　"이딴 식으로 내 친구 돈까지 다 빼먹은 거냐?"

　상두의 눈에는 분노가 이글거렸다. 스킨헤드는 당황한 듯 동민을 바라보았다. 동민은 상두를 물끄러미 바라보았다. 사기가 들통 났지만 그는 당당했다.

　"그만하지?"

　상두는 그의 말에 코웃음을 쳤다.

　"네놈이 죽고 싶은 모양이구나. 어제 강간 미수를 저지른 것도 봐줬는데."

　"그럼 걸어 넣든지?"

　오히려 동민은 여전히 당당했다. 상두는 기가 차서 말이 나오지 않았다.

　"이 자식이!"

　그는 동민의 멱살을 거머쥐었다. 그러자 주변에 있던 남자들이 상두를 향해 달려들려 했지만 동민의 손을 들자 그만두었다.

　"네가 아무리 걸어 넣어봐라. 내가 감옥에 잡혀가나, 크크 큭……. 내가 따먹은 년들이 한둘인 줄 알아? 수민이 같은 년들은 그냥 잠깐 재미 보려는 거였지, 한 트럭 가져다 줘도 안 먹어 새끼야."

상두는 더 이상 참지 못하고 그대로 얼굴에 주먹을 꽂아 넣었다. 이것은 악마의 표정이었다.

"꼴 보기 싫은 놈들. 네년들도 다 마찬가지다!"

상두가 포효했다.

"대학에 왔으면 지성인답게 행동해야지 이게 무슨 짓거리들이야! 정말 꼴 보기 싫은 년놈들!!"

상두는 테이블을 엎었다.

집기들을 박살 냈다. 보다 못한 동민의 편들이 상두를 향해 달려들었다.

하지만 상두는 미친 소처럼 그들을 모두를 집어 던졌다. 나머지 사람들은 불똥이 튈까 염려해 모두 도망쳤다.

남아 있던 자들은 모두들 쓰러졌다.

마치 태풍이 쓸고 지나간 자리처럼 어지러웠다.

미처 빠져 나가지 못한 여자들은 미친 듯이 울고 있었다. 도망칠 기회도 없었다. 상두의 모습에 너무도 겁을 집어 먹은 것이었다.

그래도 상두는 힘 조절을 잘했다.

죽은 사람도 크게 다친 사람도 나오지 않았다. 그가 제대로 힘을 쓰면 여기 있는 모두들 주검으로 발견되었을 것이다.

"다시 한 번 이런 쓸데없는 곳을 만들면 내가 정말로 죽여 버리겠다."

상두는 그렇게 말하고 철진의 차용증을 갈기갈기 찢어버렸다. 아무도 상두에게 저항하지 못했다. 지금 그의 모습은 무척이나 두려웠다.

그렇게 상두는 밖으로 나갔다.

그러자 몸을 추스른 동민의 똘마니 중 하나가 휴대전화를 꺼냈다.

아무래도 경찰에 신고할 모양이었다. 하지만 동민이 그의 뒤통수를 후려쳤다.

"이 병신아! 일 그르칠 있어? 도대체 생각이 있는 거냐!"

"그거야… 네 아버지가 힘을 쓰면……."

"돈으로 하는 것도 한계가 있어!"

"그래도……."

"놔둬, 저 새끼는 내가 공권력이 아닌 걸로 작살낼 테니까. 돈의 힘이 얼마나 강한지 내가 보여주겠어. 기회만 있어 봐……. 내가 죽여 놓을 거야."

그는 입에 묻은 피를 닦아냈다. 피를 닦아내도 이를 바득바득 갈아 보아도 분노는 사그라질 기미가 보이지 않았다.

밖으로 나온 상두는 손에 묻은 피를 닦아냈다.

"빌어머을 놈들……."

그는 침을 바닥에 퉤하고 뱉어냈다. 그 옆으로 다가온 철진이 겁먹은 목소리로 물었다.

"괜찮을까?"

"내가 그렇게 난리쳤으니 차용증대로 빚을 받지는 못할 거야. 노트북은 못 찾아서 어쩌냐."

"괜찮아. 그런데 그게 문제가 아니라… 너 지금 폭행한 거야."

철진은 자기 때문에 주먹질을 한 상두가 걱정이 된 것이다. 하지만 그는 아무렇지 않은 듯 읊조렸다.

"뭐? 고소라도 할 것 같아? 그럴 배짱이 있는 위인도 아니지만 고소는 못해. 불법 도박장 문제가 더 클 테니까."

상두의 말에 철진은 고개를 절레절레 흔들었다.

"너 이동민이가 얼마나 대단한 놈인지 망각하는 거 아니야?"

"오라고 그래……."

"으이그……."

철진은 인상을 찌푸린다.

상두는 사실 돈의 위력은 알지 못한다. 카논의 영혼이 들어왔을 때의 뇌에는 돈의 절실함만 있었지 돈의 위력은 몰랐다.

카논의 살던 세계에도 대부호는 있었지만 그들이 돈으로

세계를 좌지우지 할 정도는 아니었다.

하지만 이 세계에는 돈으로 권력을 사는 것도 가능했다.

"우리 게임이나 한판하자."

상두의 말에 내키지는 않았지만 철진은 고개를 끄덕였다.
그는 불똥이 튈까봐 걱정이 되는 것이 사실이었다.

CHAPTER **04**
동아리

상두는 상경계열을 택했다. 전공은 경제학으로 할 예정이
다.

　일단 1학기에는 전공필수로 경제학원론, 경영경제수학을
이수해야 했다. 그리고 전공선택에서 3과목이 있고, 공통교
양 7영역에 2과목씩 14과목이 있고, 그리고 일반교양이 있다.
이중에 전공필수과목과 나머지 과목을 잘 버무려 20학점을
만들면 1학기를 이수할 수가 있었다.

　다른 학생들은 교양과목을 섞어서 이수하지만, 상두는 일
단 교양필수 영어와 전공선택과목 3과목과 공통교양 1개로

20학점을 맞추어 수업을 듣고 있었다.

일단 대학에 들어왔으면 자기가 전공을 하기로 한 분야의 학문을 모조리 듣기 위해서였다.

상두가 이렇게 경제학부에 몰입하는 이유는 다른 것이 없었다. 이 세상을 움직이는 것은 돈이다. 그 돈을 휘어잡으려면 그 흐름을 알아야 할 것이다. 그 흐름에 대해서 알고 싶다면 이쪽 학과를 공부해야 하는 것이다.

이 세계에 와서 뚜렷한 목표 의식이 없었다. 그저 상황에 순응하면서 살아가야 한다고만 느꼈다. 하지만 살아보니 그것이 아니었다. 순응하며 살아간다면 오히려 낙오자가 되고 노예의 삶을 살아갈 수밖에 없었다.

상두는 그렇게 살고 싶지 않았다. 한 세계를 살아간다면 그 세계의 중심은 아니라도 그 언저리에는 서봐야 하지 않겠는가?

물론 학기 초에는 철진의 일도 있고 아직 무엇을 해야 할지 몰라 게임을 하는 등 소일로 시간을 보낸 감이 있다. 하지만 자신이 지금 가장 해야 하는 일이 무엇인지 상두는 잘 알고 있었다.

무엇보다 어머니의 힘겨운 삶을 해결해 드리기 위해서라도 지금 필요한 것은 세계에 당당히 설 수 있는 기반이 필요했다.

그 중심에 설 수 있는 것은 이 세계에서는 돈이라는 것을 절실히 느꼈다.

그것을 어머니가 고생하는 모습을 보면서 느꼈다. 돈의 흐름의 남의 돈을 비싼 이자에 빌릴 수밖에 없었고, 그 이자를 갚느라 모든 열정을 허비한다.

그 굴레에서 벗어나고 싶은 것이다. 그 굴레에서 벗어나려면 역시나 돈에 관한 것에 대해서 배워야 한다. 그리고 그 굴레에서 벗어나 경제계에 큰손이 되고자 그는 마음을 먹은 것이다.

철진의 일은 이러한 점을 더욱 자각시켰고, 상두가 새롭게 마음을 다잡는 데 도움이 되었다.

수업은 그리 어렵지 않았다.

아직 전공으로 깊이 들어가지 않고 전공의 기초만 배우다 보니 이해가 어렵지 않았던 것이다. 다른 학생들은 그래도 조금 어려워하고 있었지만 상두는 기억력이 좋은 편이라 외우기만 하면 되는 수업이니 그리 어렵지 않게 되었다.

가장 어렵다고 생각되는 부분은 영어였는데 어차피 중학교 수준의 영어다 보니 이것 역시 따라는 것이 어렵지 않았다.

'흠……. 대륙에서 연금술이니 마법을 배웠어도 흥했겠는데……?'

상두는 자신의 학업 능력에 새삼 감탄했다. 격투기술을 배우지 않고 연금술이나 마법을 배웠어도 대륙에서 한자리했을 것만 같았다.

상두는 잔디밭에 앉았다.

수업을 마치니 할 것이 없었다. 멍하니 하늘을 바라볼 뿐이었다. 맑은 하늘에 조각구름이 조금씩 떠가고 있었다.

많은 학생들이 수업을 마치고 여러 약속을 잡았지만, 술 약속이 싫은 상두는 그런 쪽에 끼고 싶지 않았다. 학교생활 동안 친분을 쌓지 않으면 힘들다고는 하지만 지금까지는 지장이 없었다.

"상두야~!"

수민이 옆으로 다가왔다. 그녀 역시 수업을 마친 모양이다.

동민과의 사선 이후에도 그녀는 구김살이 없었다. 아무래도 동민이 도박사건 이후 휴학을 해서인 것 같았다. 경영을 배운다는 이유였지만 사실은 그의 아버지의 귀에도 그의 비행이 들어가 근신하는 중인 것이었다.

상두는 차분히 눈을 감은 채 오늘 수업에 나왔던 것들을 읊조리고 있었다. 이는 흡사 무공을 익힐 때 취하던 태도와 비슷한 것으로 암기력을 필요로 하는 부분이었다. 그런 상두를 보며 수민이 탄성을 질렀다.

"우와……. 너 그거 다 이해한 거야?"

수민의 물음에 상두는 고개를 절레절레 흔들었다.

"아니, 외웠어. 어차피 지금 과목은 이해보다는 암기가 더 중요하지 않아?"

"그런데 여기서 혼자 뭐하고 있어? 수업도 끝났으면 어디서 놀든지 해야지."

"어차피 술자리만 있을 텐데 껴서 뭐해."

"난 술자리도 학교생활의 연장이라고 생각해. 인간관계도 굉장히 중요한거다, 너."

수민은 상두의 머리를 헝클어뜨렸다.

"아, 상두야. 너는 동아리 안 들어?"

동아리라는 말에 상두는 고개를 절레 흔들었다.

"어차피 술 마시고 노는 집단일 뿐이잖아. 그런 건 관심없어."

"요즘 아싸들하고 어울린다는 말을 들었어. 그런 아이들 말고 활달한 아이들도……."

수민은 상두가 노려보자 입을 닫았다. 상두가 아무런 말을 하지 않았지만 그녀는 뜨끔했다. 그녀 역시 학교 다닐 때 왕따를 당하던 사람이다. 그런 사람이 아싸와 어울린다고 머라고 하고 있으니…….

개구리는 올챙잇적 생각을 해야 한다.

"좋은 애들이야."

상두의 나지막한 말에 그녀는 고개를 끄덕이며 화제를 전환했다.

"음음……. 등산 동아리 한 번 들어볼래?"

수민이 그에게 제의했다.

"등산?"

상두는 약간 혹하고 넘어갔다.

등산이라면 상두도 꽤나 좋아한다. 수련을 위해서 산을 많이 찾는 그 아니었던가. 등산 동아리에 들면 전국 유수의 명산을 돌아다닐 수 있어 에너지를 모을 수 있는 정기가 깊은 산을 찾을 수 있을 것이다. 운이 좋으면 좋은 만드라케를 얻을 수 있을지도 모른다.

"흠……."

상두가 고민한다.

"고민할게 뭐 있어? 오늘 저녁에 동아리 모임 있는데 같이 가자. 그때 선배한테 부탁해 볼게."

상두는 대답을 하지는 않았다.

그의 성격상 누군가와 어울린다는 것은 그리 쉽지가 않았다. 물론 큰 전투가 있을 때에는 그의 카리스마와 리더십으로 사람을 이끌 수는 있었다. 하지만 그것뿐……. 사람과 사람의 일대일 관계에서는 그렇지 못했다.

그래서 그가 사람들과 어울리는 것은 전쟁 때 뿐이었다.

수업을 모두 마쳤다.

상두는 머리가 무거웠다. 고등학교 때보다 더 힘든 것 같았다. 이래서 고등학교 4학년이라는 소리가 있는 모양이었다.

그래도 수업에 관한 것들은 모두 외웠다. 그가 마스터의 칭호를 받을 수 있었던 것은 스승의 기본적인 가르침 덕분이긴 하지만, 대륙에 존재하는 모든 격권을 다 외웠기 때문이었다. 이해가 되든 되지 않든간에 모두 외었던 것이다.

—카톡왔숑.

상두에게 카톡이 왔다.

"전서구가 왔군."

그는 카톡을 전서구라고 불렀다. 메시지를 전해주는 것이 대륙에서 쓰던 전서구와 다르지 않기 때문이다.

수민이었다.

수업을 듣느라 까먹고 있었는데 수민이 저녁에 동아리 모임에서 보자고 했다. 대답은 하지 않았지만 참석하지 않으면 그녀가 화를 낼 것이다.

"일단 가보자."

약속 장소는 학교 근처의 주점이었다.

학교 밖은 유흥거리가 참으로 많았다.

하지만 생각해보면 이 나라는 어디를 가든 술집이 많았다. 덕분에 술 문화도 엄청나게 발달되어 있었다.

폭탄주의 수만 해도 수십 가지가 넘었고, 그에 관한 자격증도 있다고 하니 넌센스다. 그 정도로 술 문화는 다른 나라에 비해 발달이 되어 있었다.

그렇다 보니 술에 관한 실수에 관대한 것도 사실이었다. 성폭행이나 강도 사건도 술을 마셨다고 하면 감형해주곤 하지 않았던가?

그래도 요즘은 사회생활에서는 그나마 술 문화를 개선하려는 노력이 조금이나마 보이지만 대학가는 그렇지 못했다.

매년 신입생 환영회에서 술자리 사망사건이 끊이지 않는 것을 보면 대학은 아직 멀었다.

상두는 약속한 주점에 도착했다.

"상두야 여기야!"

이미 주점에서는 얼큰하게 술을 마시고 있었다. 수민 역시 얼굴이 홍조를 띠는 것이 술을 좀 마신 것 같았다.

"오오! 네가 수능 만점자냐?"

"잘 생겼다, 수민이 남편!"

짓궂은 선배들이 놀리자 수민의 얼굴이 붉어졌다. 상두는 머리를 긁적이고 합석했다.

술자리는 와자지껄하게 이어졌다. 복학한 학생들의 일장

연설이 이어지기까지는…….

군대에 가면 어떻다느니, 세상이 어떻다느니…….

지겨운 연설 동안 상두는 지겨운 듯 하품을 계속했다.

그 모습을 유심히 보는 여학생이 있었다. 수민의 맞은편에 앉아 있었는데 수민도 그 시선을 느꼈는지 거북한 인상을 보였다.

술자리에 빠질 수 없는 것이 게임…….

상두는 관심이 없었다… 고는 하지만 게임에서 한 번도 걸리지 않았다. 그의 놀라운 반응 속도에 당할 자가 누구랴. 교묘하게 벌칙을 모두 피하고 있어서 아직은 술 한 방울도 마시지 않았다. 안주발만 세우고 있어 핀잔은 듣고 있지만…….

'의외로 재밌는데?

상두는 이런 자리가 재미있다고 느끼는 그였다.

대륙에서는 언제나 어깨에 힘주고 사람들과 잘 어울리지 않는 그였다. 평화는 그도 이런 즐거움을 알게 해주었다.

활발하게 즐기는 모습을 계속 수민 맞은편의 여학생이 바라보았다. 호감이 가득한 눈빛이었다. 그렇게 상두를 바라보다가 그녀가 걸렸다.

"원샷해! 원샷해!"

선배들의 압박에 그녀는 울상이었다.

아무래도 여자들이 요즘 술을 많이 한다고 해도 이렇게 바가지에 많이 모아놓은 벌주를 마시기는 힘들 것이다.

"흑기사 신청요……."

그녀는 수줍게 이야기했다.

흑기사를 신청한다니 선배들이 머리 매무새를 다듬기 시작했다. 흑기사를 받아주면 그녀에게 소원을 하나 요청할 수 있기 때문이다. 아름다운 그녀에게 소원을 요구할 수 있으니 모두들 신경 쓸 수밖에 없었다.

하지만 그녀의 선택은 바로 상두였다.

모두들 상두에게로 시선이 모아졌다. 수민이 상두에 대한 이야기를 많이 해서 그녀의 남자 친구가 되어 버린 것이다.

"이봐, 쟤는 수민이 남편이야."

"이 오빠가 있는데 누군 한테~"

사람들의 웅성거리는 소리에 수민의 얼굴이 붉어졌다. 그녀의 눈이 분노가 약간 서리는 것도 느껴질 수가 있었다.

"마셔라~ 마셔라, 마셔라~"

상두를 모두들 재촉했다.

사람들의 재촉 때문인지 분위기 때문인지 그는 거리낌없이 술을 벌컥벌컥 마셨다. 수민의 표정은 거의 울상이 되었다.

그는 술을 원래 즐기지 않는다.

수련에 술과 여자는 가장 큰 적이라고 여기는 그였다. 하지만 여성이 흑기사를 요청했다. 그가 권격가라고는 하지만 기사도 정신을 가지고 있는 사람이었다. 여성의 부탁을 들어주는 것도 기사도 정신이다.

상두는 술을 벌컥벌컥 마시면서도 몸속의 에너지를 돌렸다. 술의 알코올이 에너지와 융합하여 중화되었다. 상두는 그저 물을 마시는 것밖에 되지 않는다. 어쩐지 반칙 같지만 술에 취하는 것을 싫어하는 상두로서는 어쩔 수 없는 선택이었다.

"소원을 말해봐~"

"소원을 말해봐~"

동아리 회원들의 외침.

하지만 상두는 특별히 소원도 없었다. 그것을 바라고 한 것도 아니고 기사도 정신에 자기도 모르게 발휘된 것뿐이다.

"다음에요."

상두의 말에 모두들 실망감이 가득했다.

그렇게 동호회 모임이 파해졌다.

모두들 술이 떡이 되었다. 토하는 사람들도 있었고, 거의 실신한 사람들도 있었다. 도대체 이렇게까지 술을 마시는 이유를 상두는 알 수가 없었다.

그나마 술기운이 없는 사람들의 부축을 받았다.

상두는 수민을 데려다 주기 위해 뒤따랐다. 흑기사의 그녀가 상두를 불렀지만 들리지 않는 듯 수민의 뒤만 따랐다. 지난번 이동민의 사건도 있고 걱정이 된 것이다.

"수민아, 같이 가!"

하지만 그녀는 상두를 돌아보지도 않았다. 뭔가 단단히 삐친 것이다.

상두는 이제 좀 여자에 대해서 눈치가 생겼는지 그녀의 삐친 이유를 알 수가 있었다. 그것은 수민의 맞은편의 여자의 흑기사를 해주었기 때문이었다.

"수민아."

상두는 그녀의 손목을 잡고 되돌렸다. 상두는 당황했다. 그녀의 눈시울이 붉어졌기 때문이었다.

"상두 너… 왜 그래… 정말……."

상두는 할 말이 없었다.

그녀가 우는 모습은 내게 들어와서 처음 보았다. 늘 당당하게 웃는 모습이 좋았는데…….

"넌 왜… 내가 옆에 있는데도……. 항상… 다른 사람한테 잘해줘… 왜……."

급기야 눈물지었다.

상두는 그녀의 팔을 끌어당겨 안아주었다.

"상두야……."

수민의 눈동자가 커졌다.

상두 자신도 왜 그녀를 안았는지 이해가 되지 않았다. 울고 있는 그녀의 모습을 보니 가슴이 아파서 안아줄 수밖에 없었다. 친구로서 가슴이 아픈 것도 아니었다. 많이 복잡한 느낌이었다.

상두는 그렇게 그녀를 오피스텔에 바래다주었다.

돌아가는 동안에 두 사람은 아무런 말이 없었다. 하지만 수민은 울지는 않았다.

"잘 가……."

수민은 그렇게 말하고 상두의 눈치를 보았다. 부끄러워하는 것 같았다.

상두는 그녀를 바래다주고 기숙사로 향했다. 통금시간이 1시까지라 시간이 달랑달랑했다. 에너지까지 활용하여 미친 듯이 달렸더니 다행히 세이브할 수 있었다.

상두는 기숙사에 들어와 씻지도 않고 누웠다.

오덕후 룸메이트는 눈인사만 하고 언제나처럼 애니 삼매경이었고, 진철은 오늘도 들어오지 않았다.

어디선가 짱 박혀서 해킹을 하고 있을 것이다.

"내가 왜 그랬지……."

그는 조용히 읊조렸다.

왜 그녀를 안았을까?

상두로선 도무지 이해가 되지 않았다. 이해할 수도 없었다.

그녀를 친구 이상으로 생각해 본 적이 없었다. 언제가 그의 곁에서 도움을 주는 천사 같은 친구였을 뿐이다. 그런 그녀에게 왜 그랬을까…….

대륙에서도 여자를 사귀어 본 적 없이 수도승처럼 살아온 그에게 연애는 어려운 것투성이였다.

왜…….

"아……. 모르겠다."

상두는 그대로 눈을 감았다. 머리가 복잡하다. 이렇게 복잡할 때는 그냥 잠드는 것이 최고다. 그는 머리를 마구 헝클어뜨리더니 눈을 감았다.

*　　　*　　　*

그는 수업이 없는 날인데도 일찍 일어났다. 그리고 움직이기 편한 옷을 입었다.

오늘은 동아리와 함께 산을 오르는 MT날이었다.

토요일이라서 산속의 산장에서 일박을 하고 올 예정이었다. 말이 MT지 술 마시러 가는 날이다. 상두는 또 게임을 제대로 이겨서 술 한 잔도 안 마셔야겠다고 다짐했다.

일전의 모임에서도 알콜을 분해한다고 했지만 언제나 술기운은 불쾌한 기분을 불러왔다.

"그게 다냐?"

진철의 간섭.

하지만 간섭할 만했다. 다른 사람들 같으면 여러 가지 물품을 준비할 테지만 상두는 그저 옷 한 벌을 더 챙길 뿐이었다.

산을 무시하는 것은 아니었지만 한국의 산은 그렇게 큰 준비를 하고 갈 곳은 아니었다. 그리고 안전용품은 상두가 아니래도 동아리 자체적으로 준비해간다.

"그건 뭐냐?"

철진의 또 다른 간섭.

상두의 손에 들린 군용 삽을 본 것이다. 이것은 산삼을 캐기 위한 도구였지만 철진에게 말할 수는 없었다.

"몰라도 돼, 너는."

상두는 가벼운 짐을 들고 밖으로 나갔다.

그는 약속 장소인 학교 정문 앞으로 갔다.

버스를 대절했다.

인원이 생각보다 꽤 되었다. 지난 동아리 모임에 나오지 않은 사람들도 꽤 많이 오는 것 같았다. 모두가 마치 이삼천 미터 산을 오를 때 입을 아웃도어 의류를 입고 왔었다. 가격이 꽤나 나갈 것 같았다.

그렇다 보니 모두들 상두를 이상하게 쳐다보았다. 하지만 상두는 그들을 이상하게 쳐다보았다. 해발 천 미터도 안 되는 산을 오르는데 저렇게 거하게 입는 이들이 이해가 되지 않았다.

수민이 보였다.

"수민아, 안……."

그녀는 상두를 보더니 얼굴을 붉히고는 제대로 인사를 하지 못한 채 말을 더듬었다.

"녕……."

그 틈을 타 흑기사를 요청했던 여학생이 상두에게 다가와 팔짱을 꼈다. 그녀는 상두를 보고 해맑게 웃었다. 예쁘긴 예뻤다.

하지만 상두는 불편했는지 그녀를 떼어 놓았다.

"순진하네, 너. 선배가 팔짱을 끼면 그냥 가만히 있는 거야."

선배……?

같은 나이라고 생각했는데 선배였다니…….

"내 이름은 전인화라고 해. 너는 박상두지?"

그녀는 환하게 웃음을 보였다. 역시 예쁘다.

"아, 네……."

상두는 어색한 웃음을 보이며 수민을 눈치를 보았다. 그녀의 얼굴은 또다시 굳어졌다.

산으로 향하기 위한 버스를 타고 가는 동안 인화는 상두의 옆자리를 전세를 내고 있었다. 그에게 물도 챙겨주고 먹을 것도 챙겨주었다.

그녀는 상두보다 1살 위였다.

그래도 빠른 년생이라 상두보다 학년은 2학년 위였다. 선배라서 참고는 있지만 상두는 그녀의 관심이 좀 부담스러웠다. 무엇보다 수민의 울 것 같은 표정이 더 부담스럽고 신경 쓰였다.

그들이 도착한 곳은 강원도의 그다지 유명하지 않은 산이었다. 하지만 중간쯤에 산장이 있어서 등반의 베이스캠프를 만들기 좋아 선택했다. 산세가 험하긴 했지만 높이도 적당해서 신입생들과 오르기도 좋았다.

전세 버스에서 짐을 내렸다.

'이건 뭐 술이 더 많아······.'

팩소주가 엄청나게 많았다. 쌀 넣는 포대에 두 포대는 들어 있었다.

수분이라 무게가 꽤 나갈 텐데 이것을 어떻게 들고 올라가야 하는 건지······.

역시나 무게는 엄청나서 남자들이 들기 힘늘었다. 몇 봉지로 나눠야 할 것 같았다.

하지만 상두는 보기가 안 좋았는지 다가가 번쩍 들어 올렸다.

모두들 놀랐다.

무게가 엄청났기 때문이다. 하지만 상두는 신경 쓰지 않고 성큼성큼 걸어 나갔다. 여자들의 눈빛이 달라졌다. 잘생긴데다가 힘도 강한 상두였다.

산세는 생각보다 험했다.

하지만 산을 오르는 것이 그리 어색하지 않은 상두는 엄청난 무게의 팩소주가 담긴 자루를 두 자루나 메고도 땀 한 방울 흘리지 않고 걸어 올라갔다.

모두들 상두의 체력에 감탄하고 또 감탄했다. 남자들은 비결이 뭐냐고 물었고, 여자들은 힐끔힐끔 쳐다볼 뿐이었다.

숨이 어느 정도 헐떡이는 사람이 많아질 때쯤.

"도착이다."

동아리 회장의 말에 모두들 그 자리에서 퍼졌다. 그들의 눈에 산장이 펼쳐졌기 때문이다.

산장의 규모는 꽤나 컸다.

서른 명 정도 되는 인원의 동아리 회원이 모두 들어가고도 남는 규모였다. 생각보다 괜찮은 장소를 구해서 모두들 만족했다.

이제 가져온 짐들을 정리했다.

그것을 지휘하는 동아리 회장이라는 사람이 일처리가 좋지 않았다. 상두는 답답한 듯 한숨을 쉬었다.

'후우……. 회장이라고 해봤자 아직 20대 초반이지…….'

어느 순간 상두가 진두지휘를 하고 있었다. 조금씩 간섭하던 것이 이제는 아예 앞에 나선 것이다.

그는 대륙에서 마스터로서 군단을 지휘한 경험이 있었다. 그것을 바탕으로 일머리를 맞추고 있었다. 그의 지휘에 선배들이 처음에는 기분 나빠했지만, 작업이 척척 진행되니 상두의 지휘를 따를 수밖에 없었다.

짐정리를 모두 마친 상두가 물었다.

"산에는 안 오릅니까?"

상두의 물음에 동아리 회장은 고개를 흔들었다.

"내일 오를 거야."

상두는 한숨을 내쉬었다.

아직 오후 3시…….

정상까지 걸리는 시간은 대략 두 시간 정도…….

서두르면 금방이었다. 그런데도 오르지 않는다니…….

어차피 이곳에 모인 이들의 목적은 술이었다. 개중에 술 취한 여자 후배 하나를 어떻게 해볼까 하는 질 나쁜 선배들도 있었다. 그러니 백소주를 아래서부터 두 포대는 들고 온 것이 아닌가.

"괜히 가입했나……."

상두는 동아리에 가입한 것을 조금씩 후회 중이었다. 그가 상상한 동아리 생활과는 거리가 조금 있었다.

아직 저녁도 되지 않은 시간…….

벌써부터 삼겹살 파티가 시작되었다. 산장에 마련 된 바비큐 그릴에서 삼겹살이 타오르는 소리가 들려왔다. 좀 한심해 보이긴 했지만 상두 역시 시장기가 돌아서 삼겹살 그릴로 향했다. 식욕에 장사가 어디 있겠는가.

"어서와~"

상두가 들어오자 모두들 반가워했다. 그 역시 판에 끼었다.

맛있게 삼겹살을 먹고 있는데 상두는 무언가 허전했다. 눈앞에 있어야 할 수민의 얼굴이 보이지 않았다.

"선배, 수민이는요?"

상두의 물음에 선배들은 고개를 설레 흔들었다. 먹는 깃에 바빠 보였다.

"짐 정리할 때까지는 있었는데? 아, 아까 인화하고 잠시 어디 가는 것 같다던데? 도명이가 봤대."

그는 걱정이 되기 시작했다. 짐정리를 끝낸 지가 20분 정도가 흘렀다. 도대체 무슨 이야기를 하기에 이렇게 오랫동안 산장 밖을 벗어나 있는 것인가.

"아, 저기 도명이 오네."

저 멀리서 장작을 들고 오는 한 남학생을 선배가 불렀다.

"수민이 봤어?"

상두는 급한 목소리로 동기인 도명에게 물었다. 그는 아무렇지 않다는 듯 읊조렸다.

"수민이? 인화 선배가 뭐라고 하는 것 같던데 곧 오지 않을까?"

호랑이도 제 말 하면 온다더니 멀리서 인화가 돌아오는 것이 보였다. 수민이 걱정된 상두는 인화에게로 달려갔다.

"선배, 수민이는요?"

"수민이? 아까 먼저 갔는데? 여기 안왔어??"

인화도 수민을 모른다고 했다. 하지만 그녀의 눈이 떨려왔다. 뭔가 숨기는 것이 있었다.

"곧 오겠지, 너무 걱정 마."

그녀는 아무 일도 아니라는 듯 상두를 안심시켰다. 그것으로 안심이 될 상두가 아니었다. 그의 안 좋은 예감은 틀린 적이 없었다. 그런 상두를 아는지 모르는지 인화는 즐거운 표정으로 삼겹살을 먹으러 갔다.

"와~ 맛있겠다."

어딘가 모르게 과장된 표현.

무언가 숨기고 있는 것이 분명했다. 뒤가 캥기는 사람들이 저렇게 과장된 행동을 한다. 게다가 그녀는 오는 내내 상두에게 관심을 보이며 옆에 있었다. 그런데 옆에 붙지 않는 것도 이상한 행동이었다.

그렇게 한 시간이 지났다.

수민은 돌아오지 않았다. 모두들 걱정하기 시작했다. 산속에서 한 시간 동안 없어졌다는 것은 위험한 상황에 처했을 수도 있다는 뜻이다. 상두는 더 이상 참고 있을 수가 없었다.

상두는 벌떡 일어났다.

"산악 GPS 어플 받으신 분들 있으십니까! 사람이 실종됐으니 찾아는 봐야 되지 않습니까."

모두들 웅성거렸다. 아까부터 상두가 나서는 것을 못마땅한 선배들이 비아냥거렸다.

"지가 대장인 줄 아나……."

"그럼 니들이 해결해 보든지!"

상두는 큰소리로 외쳤다.

누가 봐도 하극상…….

하지만 아무도 대꾸를 할 수가 없었다. 상두의 말에는 거역 못할 위엄 같은 것이 있었다. 게다가 그들은 지금 선배랍시고 폼만 잡고 있었지 해결책을 제시해주지 못하고 있었다.

"수민을 찾아야 합니다. 도와주십시오! 산악 GPS 어플 있는 분들 있으십니까?"

상두의 말에 5명이 손을 들었다.

상두는 5개조로 사람을 나누었다. GPS상의 지도를 분할하여 5군데로 나눠서 각조가 수색하기로 했다. 물론 119에도 연락을 취했다. 이들이 찾는 것보다는 전문가들이 찾는 것이 더 빠를 것이다.

섣불리 움직이지 않았다. 구급대원들이 오기까지 기다렸다. 그들이 도착하고 나서 움직여야 불미스러운 사고를 미연에 방지할 수 있을 것이다.

상두는 갑자기 이곳의 리더 역할을 했다.

동아리 회장도 복학한 선배들도 상두의 카리스마에 순응할 수밖에 없었다. 대륙에 있을 때에 수천, 수만의 군세를 리드할 때의 모습이 지금 나오는 것이었다.

수여 시간을 수색했다. 하지만 모두들 찾지 못했다.

산중이라 해는 더 빨리 졌다. 이미 사방은 어두컴컴해 졌다.

더 이상 수색은 무리였다.

119 구조대원을 제외한 동아리 회원들이 속속 돌아왔다. 다행히 사고를 당한 인원은 없었다.

'미쳐 버리겠군……'

상두는 가슴이 답답해 미칠 깃만 같았다.

그리 큰 규모의 산자락도 아닌데 도대체 어디에 있다는 말인가? 실족해서 사고라도 났을까 상두는 걱정이 되었다. 이 정도 시간까지 찾을 수 없었다는 건 낭떠러지로 실족했다고 봐야 했다.

그 와중에 인화는 불안에 떨고 있었다.

그것을 제대로 표출하며 손톱을 물어뜯고 있었다. 상두는 그런 인화를 발견했다. 그녀는 금방이라도 울 것만 같았다.

"선배… 뭐 숨기는 거 있죠?"

상두가 다그치듯 물었다. 그녀는 머뭇거리며 말을 하지 못했다.

"빨리 말해요."

다시금 다그치자 그녀가 입을 열었다.

"미안해……."

"뭐가 미안하다는 겁니까?"

그녀는 기어코 눈물을 흘렸다.

"내가 너한테 대쉬한다고 삐지라고 좀 심하게 이야기했거든……. 그랬더니 울면서 뛰어 갔어……."

"그게 어딥니까?"

"저기……."

그녀가 가리킨 곳은 '헐떡고개' 근처였다. 그리 먼 곳은 아니었지만 험준한 곳이었다.

"왜 저기까지 간 겁니까!"

"그냥 저기가 이야기하기 가장 좋을 거 같아서……."

그녀의 발상은 어이가 없었다. 하지만 그녀도 일이 이렇게 커질 줄은 몰랐을 것이다. 그녀는 자신도 어이가 없는 듯 눈물을 흘렸다.

"어떻게……! 어떻게……! 수민이 잘못됐으면 어떻……!"

상두는 울부짖는 그녀의 뺨을 내려쳤다. 그녀는 눈물을 멈추고 상두를 바라보았다. 그녀의 눈은 상두를 멍하니 바라보았다.

"수민이는 절대 아무 일 없어요."

그는 그렇게 말하고 위쪽으로 뛰어갔다.

"야! 박상두!! 밤에는 구조대원에게 맡겨!!"

선배들이 상두를 불러 세웠지만 그를 막을 수는 없었다.

"저 자식이……!"

선배들은 상두의 행동에 혀를 끌끌 찼다.

"수민아!! 박수민!!"

상두는 짐승처럼 울부짖으며 찾고 있었다. 빠르게 올라 헐떡고개까지 올라왔다. 여기서부터가 진짜 수색 범위이다.

수민의 성격상 멀리 가지는 않았을 것이다. 길을 잃었어도 어디선가 기다리고 있을 것이 분명했다. 상두는 그런 수민의 성격에 기대해 보기로 했다.

"수민아!!"

그는 산이 쩌렁쩌렁 울릴 정도의 큰 목소리로 수민을 불렀다.

"뭐가 이렇게 낭떠러지가 많아!"

이 지역은 낭떠러지가 많았다. 방금도 상두는 미끄러져서 낭떠러지에 떨어질 뻔했다. 수민도 이렇게 실족했을 가능성이 분명히 있다.

그는 눈을 감았다. 사람마다 독특한 에너지의 흐름이 있다. 물론 수민 역시 그녀만의 흐름이 있다.

상두는 그것을 느끼려 애썼다. 은은하고도 향기가 나는 것 같은 기운이 느껴졌다.

"수민이다!"

하지만 그 기운은 상당히 미약하게 흐르고 있었다. 어떠한 문제가 있는 것이 분명했다!

"기다려 수민아!!"

그 기운을 쫓아 상두는 막무가내로 달렸다.

"여긴가!"

수민의 흐름이 느껴지는 곳은 꽤나 높이가 있는 낭떠러지!

"에잇!!"

상두는 앞뒤를 가릴 것도 없이 뛰어 내렸다. 경사가 있는 낭떠러지를 용케도 중심을 잡고 빠르게 내려갔다.

"앗! 수민아……!"

수민이었다.

그녀의 입술은 새파래져서 덜덜 떨리고 있었다. 아무래도 낭떠러지 아래로 발이 미끄러져 구른 듯했다. 게다가 봄철이라곤 해도 산의 밤 기온은 상당히 찬 편이다. 그로 인해 저체 온증이 온 것이 확실해 보였다.

상두는 생각할 겨를도 없이 다가가 그녀에게 자신의 옷가지를 벗어 덮어주었다. 어느 정도 따뜻해지니 그녀는 눈을 조금 떴다.

"사… 상두야……."

정신이 없는 와중에도 그녀는 상두를 알아보았다.

"정신 차려, 수민아……!"

상두는 일단 그녀의 몸을 녹이기 위해 불을 피우기로 했다. 담배를 피우지 않는 그이기에 라이터는 없었다.

그는 적당한 나무를 구해서 원시적인 방법으로 모닥불을 피웠다. 나무는 어느 정도 젖어 있었지만 그의 나무를 부비는 속도가 빨라 쉽게 마찰열을 일으킬 수 있었다.

사방으로 번지지 않게 낙엽 같은 것을 모두 치웠다.

계곡으로 잔잔한 조명이 펼쳐졌다. 그와 함께 온기도 사방으로 퍼졌었다. 수민에게도 열이 전해지자 조금씩 그녀도 정신을 차리기 시작했다.

"너 생각이 있는 거야, 없는 거야!"

상두는 막무가내로 수민에게 화를 냈다. 그녀 덕분에 모두가 고생한 상황이다. 게다가 그는 걱정이 되어서 미쳐 버리는 것만 같았다.

"미안… 인화 선배가……."

"이야기는 들었어. 그래도 이건 너무 경솔한 행동이잖아."

상두의 말에 수민은 얼굴을 붉혔다. 정말 유치한 말다툼으로 빚어진 일이니 부끄러울 수밖에 없었다.

"하지만 인화 선배가 너한테 너무… 너무……."

그녀는 울음을 터뜨렸다. 이런 상황이라 상두는 더 이상 그녀를 나무랄 수가 없었다.

"바보야……. 난 연상 싫어."

상두의 말에 그녀는 얼굴을 붉혔다.

하지만 영혼인 카논의 입장에서 본다면 모두 연하. 즉, 이 말은 수민을 안정시켜 주기 위한 말이었다. 역시나 수민은 안정이 되었는지 얼굴이 평온해졌다.

"이제 어느 정도 따뜻해졌어?"

상두의 말에 그녀는 고개를 끄덕였다.

"그럼 돌아가자."

상두는 모닥불을 발로 모두 밟아 끄고 흙까지 덮어 껐다. 그러고는 수민을 일으켰다.

"아얏……!"

하지만 그녀는 제대로 서지를 못했다. 아무래도 발을 삐었는지 조금 부어 있었다. 낭떠러지에서 떨어진 것치고는 상처가 많이 없어 다행이었다.

"업혀."

상두는 등을 내밀었다. 하지만 수민은 주저했다. 아무래도 부끄러운 모양이었다.

"혼자 두고 간다."

상두가 장난스럽게 말하자 그녀는 마지못해 상두의 등에 업혔다.

상두의 등은 수민의 생각보다 넓었다. 그리고 따스했다. 수민은 기분이 좋아졌다.

"따뜻해……."

그녀는 작은 목소리로 읊조렸다.

"뭐라고?"

상두의 물음에 수민은 대답했다.

"아니야……."

그녀는 피곤한지 상두의 등에 기대 곤하게 잠들었다.

상두는 계곡을 성큼성큼 올라 산장으로 돌아왔다. 그가 수민을 업은 채 돌아오자 모두들 달려와 두 사람을 맞이했다. 기어코 수민을 구해낸 상두를 다들 칭찬하였다.

구조대원들에게도 찾았다고 연락이 닿았고 모두 돌아왔다. 모두들 안심이 되었는지 깊은 한숨을 내쉬었다.

모든 일의 원흉인 인화는 수민에게 고개 숙여 사과했다.

"미안해……. 정말 미안해……."

그녀는 울먹거렸다. 하지만 수민은 웃는 얼굴로 사과를 받아주었다.

"저도 미안해요. 걱정 끼쳐서……."

그녀가 사과를 받아주자 그녀는 수민에게 안겨 또다시 엉엉 울었다.

구조대원은 수민의 안전을 위해 병원에 가자고 했지만 그녀가 이곳에 같이 있겠다고 떼를 썼다. 어쩔 수 없이 응급처치만 하고 그들은 돌아갔다.

그렇게 왁자지껄한 산악 동아리 MT의 밤이 깊어갔다.

CHAPTER **05**
격투대회

"이야~ 얼마만이야!"

상두는 구미역에 도착했다.

드디어 방학을 맞이했다. 대학 생활을 제대로 맛보지도 못했는데 벌써 여름방학이 된 것이다. 대학의 방학은 고등학교 방학보다 빨리 시작해서 더 아쉬웠다.

하지만 기간이 긴만큼 개인 시간이 길어서 나쁘지는 않았다.

그는 열차에서 내리자마자 공기를 들이마셨다.

"얼마 만에 마시는 구미의 공기냐!"

오랜만에 마시는 고향의 공기는 몸이 먼저 반응했다. 기분이 엄청나게 들떴다.

그는 곧바로 어머니에게로 갔다.

어머니는 여전히 토스트를 굽고 있었다.

시내의 중심이라고 할 수 있는 2번 도로의 입구에서 장사를 할 수 있었는데 요즘은 거리 통행을 시에서 문제 삼았다. 덕분에 2번 도로에서는 장사를 할 수 없어서 중앙통까지 나와 있었다. 어머니는 토스트를 굽고 있으면서도 주변 상인들과 살갑게 이야기 중이었다. 아들을 본다면 더욱더 즐거워하실 게다.

그는 포장마차 앞에 섰다. 포장마차의 높이 때문에 얼굴이 잘 보이지 않았다.

"어서 오세요."

"아줌마, 여기 토스트 하나요."

상두는 넉살좋게 모른 척 밀쳤다.

"알겠습니……! 상두야!"

어머니는 상두임을 확인하고 깜짝 놀랐다. 그는 히죽 웃음을 보였다.

"어떻게 된 거니? 학교는 어떻게 하고?"

역시 어머니는 아들의 학교 문제를 제일 먼저 걱정했다. 상두는 다시금 웃음을 보이며 대답했다.

"방학이잖아요, 어머니."

"아……. 대학은 벌써 방학이구나."

어머니는 즐거운 마음으로 토스트를 구워주었다.

상두가 좋아하는 햄야채 토스트였다. 상두는 맛있게 먹었다.

상두는 집으로 바로 돌아가지 않고 어머니의 일을 도와주었다. 어머니는 됐다고 했지만 상두는 막무가내로 일을 도와주었다.

잘생긴 상두가 도와주니 여학생들이 몰려왔다.

게다가 인세대학교 장학생이라는 사실을 알고 있는 사람들도 왔다. 특히 학부모들이 많았다. 넌지시 자녀의 과외를 맡기기 위해 말을 걸기도 했다.

바쁘게 시간이 지나갔다.

어머니는 자식도 돌아왔겠다, 장사를 이른 시간에 접었다. 리어카를 지정한 장소에 가져 놓고 집으로 향했다.

집으로 가는 도중에 어머니는 삼겹살을 두 근 정도 샀다. 아들이 왔으니 좋은 저녁을 마련해 주고 싶었던 것이다.

저녁은 고기파티였다.

지글거리는 삼겹살을 두 모자는 맛있게 먹었다. 어머니는 아들을 더 많이 먹이려 천천히 먹고 있었다. 상두는 그것을 보고는 자신도 천천히 먹는다.

"그래, 방학이니 어디 놀러도 가고 해야지."

어머니의 말에 상두는 고개를 가로로 저었다.

"아니요. 일하려구요."

"일?"

"예전에 대학교 입학 전에 조금 하던 알바가 있어요. 그 알바로 돈 좀 벌어야죠."

어머니의 인상이 그리 좋지가 않았다. 아무래도 아들이 알바를 한다니 좋은 기분은 아닐 터였다.

"왜 일을 하려고 그러니……. 모처럼 맞은 방학인데 쉬지 않고."

어머니는 힘들게 공부하는 자식이 안쓰러운 듯했다. 하지만 안쓰럽기는 상두보다 어머니가 더했다.

"어머니, 아직도 일수 쓰죠?"

상두의 물음에 그녀는 힘겹게 고개를 끄덕였다.

지난 번 일수 사건의 일수는 모두 갚았다. 하지만 그 이후에 살아보겠다고 계를 넣은 것을 계주가 도망가는 바람에 다 털어 먹었다.

게다가 친구를 돕는다는 이유로 다른 사람에게 융통하여 친구에게 돈을 빌려줬다 떼여 그 돈을 갚기 위해 다시금 일수를 쓸 수밖에 없었다.

상두가 알바비를 보내주는데도, 모두 보내준다고 해도 그

돈으로는 일수 찍기에도 힘들었다.

"일수하면… 일수 찍느라 돈을 모을 수도 없잖아요. 생활하기도 빠듯한데 계속 용돈도 붙여주시잖아요. 용돈벌이도 좀 하고 어머니도 도와드려야지요. 저도 도와야 숨통이 트이죠."

어머니는 일단은 침묵으로 동의했다.

다른 집 아이들처럼 방학 내내 죽치고 있는 것보다는 나았다. 상두는 그렇게 설악산에서 구조된 이후부터 철이 들었다.

식사를 마치고 상두는 자신의 방에 들어갔다.

"알바라……."

역시 스파링 파트너가 제일 좋은 알바였다. 과외를 할 수도 있겠지만 배우는 것은 잘해도 가르치는 것은 망통인 그는 과외는 할 수 없었다.

시간도 짧았고 육체에 아무런 타격도 없다보니 하루에 두 탕도 문제없는 스파링 파트너가 최고의 아르바이트다. 게다가 낮은 난이도—물론 상두의 입장에서의 난이도에 비해 돈벌이도 굉장히 쏠쏠하다. 게다가 인동 체육관은 K-1뿐만이 아니라 구미MMA라고 괜찮은 팀도 있어서 스파링 제의는 꽤 많을 것이다.

피팅 모델할 생활비하고 모은 돈과 스파링 할 때 번 돈이 대략 백 오십만원 정도. 방학 때마다 조금씩 무리하고 휴학도 하고 하면 어머니 작은 점포 하나 차려줄 정도의 돈은 모일 것이다.

다음 날 상두는 인동 체육관의 관장을 찾았다.

다른 쪽의 관장도 많이 알고 있었다. 하지만 인동 체육관 관장이 제일 영향력이 있다 보니 일을 시작하려면 그에게 먼저 인사를 하는 것이 좋았다. 그래야 나중에 뒷말이 안 생길 것이다.

여전히 체육관은 활기차게 돌아가고 있었다. 많은 수강생도 있었으며 선수들도 더 늘어난 것 같았다.

"여어, 박상두 군."

박기원이 상두를 먼저 반겼다.

상두와의 비공식 경기 이후 그는 많이 성숙했다. 자신의 거만함을 내려놓고 더욱더 정진했다. 덕분에 몸에 끼어 있던 지방과 함께 허세도 날아갔다.

"또 한 번 붙어야지?"

그의 말에 상두는 고개를 절레절레 흔들었다.

"챔피언하고 어떻게 붙어요?"

"그러지 말고……. 나도 얼마나 늘었는지 알고 싶으니까 말이야."

"네네, 언제 한번 붙어 봅시다. 관장님은 어디에 계세요?"

박기원은 사무실을 가리켰다. 상두는 사무실로 향했다.

"여어~! 박상두."

관장이 상두에게 반가운 듯 인사했다. 상두는 체육관에 들어오기 전에 샀던 음료수 선물세트를 내밀었다. 가벼운 선물이지만 사람과 사람 사이에 이런 조그마한 선물이 정이 되는 것을 상두는 이 세계에서 배웠다.

"그래 무슨 일이야? 혹시 격투기 무대에 데뷔할 생각을 한 거야?"

"아니요, 스파링 좀 해보려구요."

"또 스파링이야?"

관장은 실망한 것 같았다. 상두같은 실력자가 격투기 대회에 나와야 한다. 특히나 지금 이 관장이 밀고 있는 입식타격의 경우 UFC 등의 다른 종합격투기에 밀려 인기가 떨어진 것도 사실이었다.

상두같이 스타성을 갖춘 플레이어가 나타나야 다시 부흥을 일으킬 수 잇을 것이다. 그렇기에 관장은 상두를 더 신경쓸 수밖에 없었다.

"그럼 내일부터 우리 체육관에서 시작해보지. 다른 체육관에는 내가 알려봄세."

"감사합니다."

상두는 그렇게 인사를 하였다.

그는 체육관을 좀 더 둘러보았다.

'나도 저럴 때가 있었지……'

상두는 카논으로 있던 옛날 생각이 났다. 아버지에게 버림받고, 어머니가 비참하게 죽은 이후 그는 권격에 뛰어들었다. 죽도록 힘든 시간이었지만 지금 돌아보면 그리 나쁜 시간만은 아니었다.

지나고 나니 추억이랄까.

상두는 추억을 머금고 다시 집으로 돌아갔다.

*　　　*　　　*

스파링 일이 조금씩 줄었다.

한국에서는 격투기가 그리 인기 있는 종목도 아니었고, 가장 인기 있던 격투였던 권투의 인기도 시들해진지 오래였다. 그렇다 보니 스파링이 그리 많지가 않았다. 그 와중에도 상두의 실력이 좋다는 이유로 많이들 불렀다.

하지만 점점 선수들이 상두를 기피하는 현상이 일어났다. 아무래도 일전에 박스파 린치 사건이 소문이 퍼진 것 같았다.

그렇게 무시무시한 자와 스파링을 하는 것 자체가 찝찝했다.

"후우……. 답답해……."

상두는 돈이 들어오지 않으니 답답했다. 지금까지 모은 돈은 얼마 되지도 않는다. 좋은 일이라고 생각했지만 그리 좋은 일도 아니었다.

그는 답답한 나머지 어머니의 일을 도우려 시내를 향했다. 어느 정도 어머니라도 돕지 않고는 답답해서 죽을지도 몰랐다.

시내에도 버스를 타지 않고 걸어갔다. 날씨도 좋아 걸어 다니는 맛도 났다. 하지만 그 날씨를 느끼기에는 기분이 그리 좋은 것이 아니라 아쉬웠다.

시내에 도착했다.

어머니의 노점에 어느 정도 도착했을 때 고개를 숙이는 어머니를 발견했다.

또 일수쟁이에게 연신 고개를 조아렸다. 다행히 상대는 여자라 큰 위험은 없었다. 하지만 말이 독했다.

"야 이년아. 돈을 빌렸으면 제대로 일수를 찍어야 될 거 아니야. 이렇게 계속 나오면 노점 확 박살 낼 줄 알아! 아니 아들을 좋은 대학 보내면 뭐해. 어미라는 것이 이렇게 멍청한데. 이 따위 년한테서 어떻게 그런 멀쩡한 자식이 나온…거……."

상두가 앞으로 다가왔다. 그가 그녀를 노려보았다.

"이 정도면 밀린 거 됩니까?"

안 그래도 상두는 오늘 밀린 일수를 찍어주기 위해 돈을 준비해 온 상두였다.

"삼 일치 정도는 남겠네."

"일단 이것만 받고 가세요. 나머지는 내일 드릴 테니까."

상두의 강렬한 눈빛에 그녀는 어쩔 수 없이 물러나야 했다.

"왜 왔니……."

"알바가 취소되서 왔어요. 왜 일수를 밀릴 때까지 놔두세
요."

상두의 말에 그녀는 한숨을 내쉬었다.

"요즘 장사가 잘 안되네."

그러면서 상두를 보며 웃음을 보였다. 자식에게는 약한 모
습을 보이기 싫은 어머니였다. 하지만 상두는 눈시울이 붉어
졌다. 눈물이 떨어질 것만 같아 그는 하늘을 올려다보았다.

일찍 뒷정리를 했다.

날씨가 더워지니 토스트도 잘 팔리지 않았다. 아무래도 다
른 메뉴를 개발해야 하는 것 같았다.

상두는 어머니의 손을 문득 바라보았다.

거칠어진 손이다.

나무토막 같았다. 아직 오십도 되지 않는 어머니의 손이라
고 할 수 없었다. 아무리 봐도 육십 이상의 손 같았다.

이렇게 손이 거칠어진 이유는 누가 뭐래도 상두다.

그 역시도 알 수 있었다.

'어떻게든 어머니 좋은 식당 하나 차려야 된다.'

상두는 그렇게 다짐했다.

하지만 지금 이렇게 드문드문 있는 스파링으로는 돈이 되지 않는다. 관장에게 끈덕지게 달라붙어서라도 스파링을 더 많이 알아보아야 했다. 이것만큼이나 상두의 적성에 맞고 돈이 되는 일도 드물다.

어머니의 뒷정리를 모두 도와드리고 상두는 인동의 체육관으로 향했다. 사무실로 가 관장을 만났다.

"관장님."

상두의 심각한 표정을 발견한 관장 역시 심각한 표정을 지었다.

"스파링 때문에 온 건가?"

그는 상두의 마음을 꿰뚫어 보고 있었다.

"일이 더 없습니까?"

"요즘 자네 평판이 그리 좋지가 않아……."

그도 한숨을 내쉬었다. 관장의 생각에는 상두는 스파링으로 썩을 사람이 아니었다. 어떻게든 데뷔를 시켜야 한다.

"그러지 말고 데뷔를 하는 게 어때?"

관장의 제의.

그는 끈덕졌다. 하지만 상두는 그럴 생각이 없었다. 학교도 다녀야 한다. 그의 목표는 돈을 꽤대로 버는 것이었다. 격투기 선수로서 성공하는 것으로는 한계가 있었다.

"돈을 벌어야 합니다. 단기간에 벌 수 있는 일자리가 필요해요."

상두의 말에 그는 한참을 생각했다. 담배까지 벅벅 피워댔다.

"그럼 가보겠습니다. 더 할 이야기 없겠군요."

소득이 없었다. 상두는 어깨가 처지는 것 같았다.

"한 가지 일이 있기는 한데……."

관장의 말에 상두는 귀가 번쩍 뜨였다.

"무슨 일입니까?"

"사정이 너무 딱한 것 같아 몰래 이야기하는 거지만, 지하 격투기가 있기는 한데……. 위험한 일이라……. 자네가 너무 힘들어 하니까 해주는 말이야. 하지만 가까이하지 않는 게 좋을 거야. 몇 판 뛰었다고 반병신된 선수들이 우리 체육관에도 몇 있어."

상두는 웃음을 보였다.

"제가 그런 격투기 대회에서 쓰러질 사람으로 보입니까?"

"실력이 중요한 게 아니야. 빠져 나오기가 힘든 게 문제지."

"알아서 해보겠습니다."

상두는 일어났다. 그가 밖으로 나가자 관장은 쩝하는 소리를 내며 혼자서 읊조렸다.

"내가 괜한 말을 했나……."

하지만 이미 엎질러진 물.

좋은 선수를 하나 잃었다 생각할 수밖에 없었다.

일단 상두는 정보를 수집하기 위해 금오시장으로 향했다.

금오시장은 모텔과 유흥업소들로 즐비하다. 이른바 환락가였다. 그렇다 보니 뒷세계의 사람들이 많이 모여 있는 곳이기도 했다.

음성적으로 벌어지는 대회이기에 뒷세계에서 일하는 사람들이 잘 알고 있을 것이다.

뒷세계라면 박경파에게 가서 알아보는 것이 제일 빠를 수도 있지만, 분명 그는 걱정할 것이다.

딸내미의 친구인데 그런 길에 들어서는 것을 보고만 있을 박경파는 아니었다.

그는 어쩔 수 없이 금오시장에서 배회하는 좀 있어 보이는 양아치들에게 수소문하기 시작했다. 모르는 놈들이 더 많았다. 입장료가 한 번에 수십만 원씩 하다 보니 양아치들에게는 부담이 될 수도 있을 것이다.

몇 시간을 돌아다닌 끝에 대회에 가본 적이 있는 양아치를 만났다. 하지만 그는 쉽게 입을 열려 하지 않았다.

"정보료……. 안 줄 거면 뒈지게 맞을 줄 알아."

그는 상두를 위협했다. 상두를 얕잡아본 것이다. 하지만 그는 정말로 사람을 잘못 봤다.

상두는 말없이 그저 손을 올렸다. 그리고 몇 대 쥐어박았다. 코피가 터지고 나서야 그는 입을 열었다.

"지, 지산뜰이요……!"

"지산뜰? 거기가 얼마나 넓은데. 정확하게 말 못해?"

"지산뜰 가장자리에 있어요. 알잖아요, 거기는 그렇게밖에 설명 못하는 거!"

지산뜰은 상두가 살고 있는 신평 뒤쪽 지산동에는 넓은 평야다. 절대 농지로 묶여 있는 곳이었다. 보통은 지산뜰이라고 불렸다.

지산뜰은 말 그대로 들판이다. 주소가 있다한들 그 평야에서 어떻게 찾을 수 있겠는가.

"지산뜰이라… 그곳에 격투기장이……?"

상두는 의아했다.

절대농지로 묶여 있어 거기 있는 민가들조차 리모델링이 되지 않는다. 그런 곳에 그런 규모의 건물이 있을 리가 없자 않는가.

상두는 의아했지만 일단 가보기로 했다.

지산뜰을 뒤졌다. 인가를 벗어나면 가끔 고물상이 보일 뿐이었다.

"허탕인가?"

그래도 포기치 않고 상두는 지산뜰을 다시 돌아다니기 시작했다. 한참을 돌다 보니 지산뜰의 후미진 곳에 허름한 구조물이 보였다.

철골로 엮어 그것을 천막으로 덮은 조악한 것이었다. 금방이라도 무너져 내릴 것만 같았다.

그 옆에는 컨테이너 박스가 하나 있었는데 현판이 달려 있었다.

세계 격투기 연합.

상두는 그것을 보고 코웃음 쳤다.

"이름 한번 우습군……. 촌스럽고."

이 대회의 대표의 작명센스는 정말 최악이었다.

상두는 일단 문을 두들겼다. 선수등록을 하려면 사무실로 가야 하지 않겠나.

"들어오세요."

안쪽의 사람들에게 허락이 떨어졌고 상두는 안으로 들어섰다.

그가 들어서자 사무실 안에 책상이 있었고 인상이 좋게 생긴 남자가 앉아 있었다. 그 옆으로는 두 명의 험상궂게 생긴 덩치들이 있었다. 마치 전형적인 폭력조직의 보스의 구도로 보였다.

"무슨 용무로?"

책상의 남자는 상두를 향해 단도직입적으로 물었다.

"격투대회에 참여하고 싶습니다."

상두의 대답에 두 명의 거한이 코웃음쳤다.

체격도 좋지 않는 어린 애송이가 와서 격투대회에 참여하고 싶다고 하니 웃음이 나올 수밖에 없었다.

하지만 책상에 앉은 남자는 그렇지 않았다.

상두에 대해서 유심히 바라보았다. 그의 몸을 하나하나 찬찬히 뜯어보았다.

격투에 적합한 육체임을 그는 간파해냈다. 특히나 팔의 힘줄이나 근육이 그가 보기에 범상치 않아 보였던 것이다.

아무리 음성적으로 이 일을 한다지만 오랫동안 한 계통의 밥을 먹은 사람은 그 계통을 잘 안다. 하지만 아직 그는 자신의 생각을 내색하지 않았다. 오히려 그의 실력을 확인해 보고 싶어졌다.

그는 두 덩치에게 눈짓했다. 그들은 고개를 끄덕하고 상두에게 다가갔다.

"꺼지지그래?"

그들은 상두의 양쪽 어깨를 사이좋게 하나씩 잡았다. 누르는 힘이 굉장했다. 하지만 그것은 보통 인간의 기준이었다.

상두에게는 아무렇지도 않았다.

"지금 나 위협하는 건가?"

상두의 물음.

두 덩치는 잠시 서로를 바라보더니 다시 비웃음을 피식하고 보인다.

"그렇다면 어떻게 할 테냐?"

"후회할 거야."

상두의 말이 떨어지기 무섭게 갑자기 두 덩치의 공중으로 떠오른다.

그대로 바닥에 처박히는 두 덩치.

그들은 순식간에 벌어진 일이었다. 두 사람은 어떻게 공중에 떠올랐는지 알 수가 없었다. 아픔을 느낄 사이도 없이 멍하니 서로를 바라볼 뿐이었다.

느끼지 못한 건 책상의 남자도 마찬가지였다. 눈가가 파르르 떨리는 것이 적잖이 놀란 것 같았지만 표시를 내지 않았다.

"이 새끼가!"

정신을 차린 두 덩치는 다시 상두에게 달려들려 했다.

"그만."

책상의 남자가 명령하자 그들은 다시 제자리로 돌아왔다. 하지만 분이 덜 풀린 듯 식식거렸다.

"난 이런 사람이다."

그는 책상에 자신의 명함을 꺼내 내려놓았다. 상두는 일어나 그것을 집었다.

"난 이 격투대회의 대표 노성환이라고 한다."

"박상두라고 합니다."

상두의 인사에 노성환은 재미있다는 듯 물었다.

"어느 정도 재주는 배운 것 같은데, 일본 유술인가?"

"그냥 몸에서 반응하는 대로 하는 것뿐입니다."

"오호라……."

상두는 일본 유술 따위는 몰랐다.

그저 사부가 가르쳐준 것이 몸에 배인 것일 뿐이다. 무슨 종류의 기술인지 무슨 유파인지 알 수도 없었다.

"내일부터 나와."

"정말입니까?"

상두의 눈이 커졌다. 허락을 받은 것이다.

대표 노성환은 서랍에서 용지를 몇 장 꺼내서 내밀었다. 그것은 계약서였다.

"대전비는 심심치 않게 쳐주지. 만약 인기가 높아져서 관객이 많아지면 더 많은 대전비를 챙겨줄 거다."

상두는 계약서의 내용을 꼼꼼히 읽어 보았다. 하지만 별 내용이 없었다. 그저 싸우다가 죽어도 책임은 대회에는 없다라

는 내용이었다. 작게 써서 못 본 약관도 없었고, 애매한 약관
도 없었다.

"생일 지났나?"

"생일은 왜 묻습니까."

"미성년자와 계약할 수는 없잖아. 부모님 동의도 필요하고
골치 아파져."

"생일 지났습니다."

상두는 웃음이 나왔다. 이런 불법적인 대회에서 계약서가
뭐가 필요하며 부모님 동의는 또 뭐란 말인가?

상두는 사인했다.

이런 사인은 법에 대해서 잘 모르는 상두도 법적효력이 없
을 것이라는 것을 알 수가 있었다. 아무런 부담감이 없었다.

*　　　*　　　*

첫 경기가 있는 날.

상두는 대회 한편에 마련된 컨테이너 박스에 있었다. 이것
이 일종의 선수를 위한 락커룸이었다.

그는 정신을 집중했다.

"죽이면 안돼……. 죽이면……."

그는 잘못해서 사람을 죽일까봐 걱정이었다.

상두의 몸에 들어서 있는 카논은 대륙에서 언제나 사람을 죽이는 피가 말리는 전투를 수행해 왔다. 그런 그에게 사람을 죽이지 않고 제압하는 것이 더 어려운 것이었다. 게다가 이곳은 전쟁이 없어서 살인이 허용되지 않는다.

"잘될 거야."

그는 얼굴을 짝짝 때렸다.

"경기 시작입니다. 준비하세요."

대회 스텝이 문을 열고 전해주었다. 상두는 미리 준비한 가면을 쓰고 락커룸 밖으로 나갔다. 자신의 정체가 알려져서 좋을 것은 없을 것이다.

그가 향한 곳은 엉성하게 만들어 놓은 링이었다.

철창으로 옥타곤 형태로 만들어 놓은 곳이었다. 하나 너무도 조악해 그 철창에 부딪쳐 상처를 입으면 파상풍이라도 입을 것 같았다. 그만큼 열악한 구조였다.

주변으로는 펜스서 같은 것도 따로 없었다. 그래도 많은 사람들이 간이의자에 앉아 모여 있었다. 이 경기는 생각 이상으로 인기가 있었다.

상두는 알 수 없겠지만 이 중에는 이 지역에서 유지라고 불리는 자들도 몇몇이 있었다. 고위직 행정직 공무원, 경찰 공무원들도 있었다. 이 지역을 이끈다는 사람들이 모여 있으니 경찰이 제재를 할 수 있겠는가.

드디어 상두는 링 위에 올랐다. 오르자마자 상두는 자신의 상대를 바라보았다.

덩치가 꽤 컸다. 덩치만큼이나 살이 쪄 보였지만 물살이나 지방으로 이루어진 것은 아니었다.

모두가 근육.

이런 자들이 오히려 위험하다. 체격을 믿고 힘만 믿으며 무술을 배우지 않은 채 혼자서 싸움을 터득한 전형적인 거리의 싸움꾼일 것이다.

저런 자들은 아무리 가격해도 좋은 맷집을 가져 쓰러뜨리기 힘들다.

접근했을 때 잡혀 버리면 뼈가 단숨에 부서질 수가 있었다. 게다가 무술을 배우지 않아 형식이 없다. 무술을 조금이라도 배운 사람들은 그 무술의 패턴이 자기도 모르게 익혀지게 된다.

그것은 일종의 허점을 만들고 그것을 파고 들면 승산이 있다. 하지만 무술을 배우지 않으면 패턴이 없다. 아니면 패턴이 변칙적이고 혼란스럽다.

제대로 그 패턴을 읽지 못하면 승리를 장담할 수가 없다.

'그런 게 무슨 상관이야.'

하지만 상두야 그런 것을 신경 쓰지 않는다.

그는 그런 것을 말 난계를 벗어난 사람이었다. 지금 그가 신경 쓰는 것은 이자를 어떻게 죽이지 않고 쓰러뜨리냐는 것이었다.

힘 조절을 잘못하면 죽여 버릴 수도 있으니 말이다.

사회자의 소개가 이어졌다.

그다지 쓸모 있는 소개가 아니었다. 거짓말도 여럿 보태져 있는 것 같았다.

상두는 사람을 죽인 적도 없었고, 수십 명과 대결한 적도 없었다.

게다가 발음은 부정확해서 어떠한 이야기를 하는지 알 수가 없었다. 상대의 링네임도 제대로 알아듣지 못했다.

'재미없는 소개로군.'

상두는 고개를 절레절레 흔들며 주먹을 감싼 붕대를 다시금 정리했다.

하지만 이런 소개가 있어야만 관중들의 흥미가 유발되니 이해하기로 했니.

관중들은 배팅을 하기 시작했다.

상두는 알 수 없었지만 그에게 배팅하는 사람은 없었다. 아무리 봐도 저 덩치를 그가 이길 수 있을 것 같지는 않았다. 게다가 상두는 오늘이 첫 경기인 신인이고 상대는 그래도 이 바닥에서 몇 번은 굴러먹었던 사람이다. 당연한 결과다.

'죽이지 않고 쓰러뜨린다.'

상두의 머릿속에는 이 생각만이 박혀 있었다.

이기는 것이 문제는 아니다.

손가락만 사용해도 이길 수 있을지 모른다. 하지만 그렇게 되뇌지 않으면 힘 조절을 제대로 하지 못해 일격에 죽일 수도 있는 노릇이다.

아무리 음성적인 대회라고는 해도 사람을 죽이면 문제가 심각해지리라는 것을 상두는 잘 알고 있었다.

옆집 아저씨 같이 생긴 심판이 규칙을 설명했다.

규칙은 단순했다.

무기만 사용하지 않는 것.

눈과 낭심 등 급소 공격 금지.

그리고 죽이지 말 것.

그 외에는 아무런 규칙도 없었다. 팔을 부러뜨려도 되고 다리를 부러뜨려도 된다. 깨물어도 되고 머리카락을 잡아 당겨도 된다. 급소공격이 없는 것만 빼면 고대의 격투에 가까운 실로 야수와 같은 대회였다.

심판은 경기 전 의례적인 몸수색을 했다.

하지만 정말로 의례적인 것인지 제대로 하시 않았다. 분명 무기를 소지할 수도 있었지만 그것도 상관이 없었다.

규칙에는 어긋나지만 죽이지만 않으면 된다. 어디든 반칙을 하는 자들은 존재하므로…….

공이 울리고 경기가 시작되었다.

두 사람은 코너로 물러났고 탐색전에 돌입했다.

상대는 상두를 두고 빙글빙글 돌았다. 움직이면서도 빈틈이 없는 모습은 이쪽 세계에서 잔뼈가 굵은 자임을 말해주었다.

그와 반대로 상두는 움직이지 않고 상대의 움직임을 눈으로 감지했다. 어떻게 하면 상대를 죽이지 않고 끝낼 수 있을까 그 고민만 할 뿐이었다.

그러기에는 달려들어 공격하기 보다는 카운터로 공격하는 편이 나았다.

"흐압!!"

순간 달려드는 상대!

덩치에 비해 속도가 굉장히 빨랐다.

'미스다!'

먼 거리였다면 충분히 피할 수 있었을 것이다. 하지만 워낙 짧은 거리에서 달려든 지라 미처 대비할 시간이 없었다.

카논의 육체라면 있을 수 없었지만 지금의 육체는 카논이 아니라 상두였다.

"크읔!"

상대는 상두를 부둥켜안더니 들어 올렸다.

강력한 압력이 몰려와 상두의 육체를 짓눌렀다. 조금씩 뿌드득하는 소리까지 나기 시작했다.

이대로는 안 된다.

이대로 있다가는 갈비뼈가 몇 대 부서질 것이다.

아무리 상두가 인간의 상회하는 힘을 낸다고 해도 육체는 인간이다. 단련했다고 해도 약한 부부분이 있는 것은 어쩔 수가 없었다.

심판이 와서 포기할 것이냐고 의사를 묻는다. 하지만 상두가 포기할 리는 없었다. 그는 고개를 흔들었다. 심판은 다시 뒤로 물러났다.

'안 되겠다……. 에너지를 돌리자…….'

상두는 몸속의 에너지를 끌어 올렸다.

배꼽 아래부터 천천히 흐르는 기운을 천천히 온몸으로 돌렸다. 신경을 타고 흐르는 이 기운을 상대도 느낀 것인가.

"으윽!"

상대가 갑자기 상두를 놓쳤다.

상두의 온몸에 뜨거운 기운이 감돌아 놓을 수밖에 없었다. 상대는 믿을 수 없다는 듯 상두를 바라보았다. 어떻게 사람이 갑자기 불덩어리처럼 뜨거워 질 수 있겠는가!

"이제 내 차례다."

상두는 빠르게 앞으로 돌진했다.

당황하던 상대의 얼굴이 갑자기 뒤로 젖혀지며 피가 사방으로 튀었다. 그의 공격은 보이지 않았다. 그저 다가서는데 상대의 얼굴이 젖혀지고 피가 튀었다.

일순간 경기장에는 찬물을 끼얹은 듯 조용해졌다.

타격음이 울리긴 했지만 아무도 상두의 공격을 보지 못했다. 마치 마술을 부리는 것처럼 관중들은 느꼈다.

와아!!

무슨 일이 벌어진 것인지 몰랐지만 관중들은 환호했다. 상대보다 마른 체구의 상두가 드디어 공격을 가하니 환호할 수밖에 없었다.

"크윽……!"

상대의 얼굴이 뭉개졌다. 코뼈가 주저앉은 듯 코피가 흐르는 코는 부어 있었다. 입술 역시 터져서 피가 줄줄 흘렀다.

그 정도로 상당한 충격을 받았으니 두개골도 흔들렸는지 휘청거릴 수밖에 없었다.

이때를 놓치지 않는 상두!

그는 그대로 무릎을 걷어찼다.

"크억!!"

고통스러운 비명과 함께 뿌드득하는 소리가 들렸다.

무릎이 비정상으로 꺾였다. 부서진 것은 아니고 뼈가 어긋

난 것 같았다. 상대는 그대로 쓰러져 다리를 부여잡고 비명을 질렀다.

'실수다……!'

상두는 실수로 힘 조절을 제대로 못한 것이다.

"우아악!!"

상대는 계속해서 비명을 질러댔다. 그 소리에 상두는 인상을 찌푸렸다.

유쾌한 비명 소리가 아니었다.

수많은 전쟁터를 다녀봤고, 수많은 싸움을 해봤지만 이런 비명 소리는 들어본 적이 없었다. 이것은 맹수에게 유린당하는 초식 동물의 소리였다.

심판은 더 이상 경기가 진행이 되지 않는 것을 확인하고 경기를 중단시켰다. 확인할 필요 없이 상대는 더 이상 경기를 진행할 수가 없는 상황이었다.

상대의 세컨드가 빠르게 달려들어와 선수의 안위를 살폈다. 이미 그는 고통에 혼절해 버린 상태였다.

승자는 상두였다.

그가 손을 치켜 올렸다.

그러자 웅성이던 관중석에서 환호성이 울려 퍼졌다. 오늘 이곳에 슈퍼 루키가 한 명 탄생했다.

상두는 환호성을 받으며 링 아래로 내려왔다. 아래에는 대표 노성환이 대기하고 있었다.

"멋진 승부였다."

그는 상두를 격려했다. 상두는 멋쩍게 웃음 지었다.

"땀도 안 나는 승부였습니다."

"역시 대단해. 단 두 방에 피그맨을 쓰러뜨리다니."

"피그맨?"

상두는 유치한 이름에 반응했다. 아무래도 닉네임인 것 같았다. 하지만 덩치와 묘하게 어울렸다.

"링닉네임이지. 그래도 10전 8승 2패였어. 아니 이제 3패인가? 하여간 꽤나 잘나가는 선수였지."

"싱거운 승부였습니다. 피그맨의 상태는 어떻습니까?"

"그래, 싱거워 보이더군. 덕분에 피그맨의 선수 생명은 끝이 날 것 같구만."

상두가 인상을 찌푸렸다.

누군가의 선수 생명을 끊는다는 것은 그리 유쾌한 것은 아니었다. 선수 생명이 끝났다는 것은 밥줄이 끊겼다는 것과 같다.

아무래도 목숨을 담보로 하는 이런 격투대회에 출전하는 사람이 다른 직업을 가지고 있을 리는 없을 테니…….

노성환은 품에서 흰 봉투를 꺼냈다. 굉장히 얇았다. 편지도 들어 있지 않을 것으로 보이는 봉투였다.

"파이트머니 머니다."

"계약서에는 경기 당일 일주일 후에 입금해 주신다고 하지 않았던가요?"

"물론, 당일 지급하는 경우는 없지만 보너스라고 생각해 둬. 내가 자네한테 걸었거든. 덕분에 큰돈을 만지게 생겼어."

"감사합니다."

상두는 봉투를 품에 꼼꼼히 넣고 컨테이너 박스를 향했다.

"이건 무슨 짓이지……."

콘테이너 박스에서 옷을 갈아입으면서 한숨을 내쉬었다.

"피그맨의 선수 생명은 끝이 날 것 같구만……."

이라고 했던 대표의 말이 머릿속을 맴돌고 있었다. 어쩌면 이 생활이 피그맨에게는 생업일 수도 있었다.

그런 생업을 상두가 끊어 버렸다. 마음이 무거울 수밖에 없었다.

상두는 봉투를 열어 보았다. 꽤나 짭잘한 비용이 들어 있었다. 노가다 며칠은 가야 받을 수 있는 돈이었다.

"이짓 도 오래 못 하겠군……. 어차피 방학 때까지 만이다."

그는 봉투를 꼭 쥐었다. 이를 꽉 물었다.

밖으로 나가니 꽤나 어두워져 있었다. 게다가 이 근처는 가로등도 없어서 정말로 많이 깜깜했다.

"후우……."

밖으로 나와서도 그는 한숨을 내쉬었다. 마음의 걸리는 것은 피그맨의 일뿐만이 아니었다.

"방심을 하다니."

또한 마음에 걸리는 것이 있었다.

링 위에서 그는 방심했다.

상대에게는 방심한 적이 없는 상두였다. 하지만 방심한 틈에 피그맨이 공격을 가했고 조금이나마 공격에 당할 수밖에 없었다.

이 세계에 너무 오랫동안 생활한 탓인지 칼날 같던 신경이 무뎌졌다.

대륙에서 그런 상황이 닥쳤다면 당연히 죽음에 이르렀을 것이다. 너무도 평화로운 이 세계의 분위기가 그의 날선 신경을 무디게 만들었다.

"응?"

그의 무뎌진 신경이 다시 날카로워졌다.

바람 소리가 그의 귀에 느껴졌다. 무심결에 손을 배로 향했다. 그리고 무언가 날카로운 물건을 잡았다.

칼이었다.

"나쁜 놈……! 나쁜 놈……!"

목소리가 귀에 익었다. 그가 쥔 손의 칼날에서 미세한 떨림이 느껴졌다. 아마도 칼을 쥔 사람의 떨림이리라.

"당신은……."

어느 정도 어둠에 익숙해진 눈에 비친 사람은 눈물을 흘리고 있는 피그맨이었다.

"네놈 때문에… 내 밥줄이!"

칼을 다시금 뽑으려 했지만 그의 힘으로는 할 수가 없었다. 상두는 그를 밀쳐냈다. 다친 다리 때문인지 중심을 잃고 그대로 쓰러졌다.

어두워서 잘 보이지 못했지만 그의 다리에서 액체가 흐르는 것 같았다.

응급처치는 했지만 아직 제대로 치료를 받지 않아 피가 다시 흐른 것이다.

상두는 천천히 손가락을 펴서 칼을 제거했다. 그리고 논두렁에 던져 버렸다.

그는 피그맨을 향해 천천히 다가갔다. 피그맨은 이제 겁을 집어 먹었다. 그의 다리를 부러뜨린 사람이다. 죽이는 것은 일도 아닐 것이다.

그가 다가올수록 피그맨은 두려움에 실려 눈을 감아 버렸다.

"미안합니다."

상두는 고개를 숙여 그에게 사과했다. 피그맨은 적잖이 당황했다.

이런 상황에서 사과라니…….

하지만 아직까지 그는 분이 남아 있어 소리쳤다.

"사과한다고 다 될 것 같나!"

"사과로 끝나는 문제는 아니겠지만, 미안합니다."

상두는 품에서 봉투를 꺼냈다. 그리고 피그맨의 손에 쥐어 주었다.

"모자라겠지만 치료비로 쓰십시오. 그리고 이 세계에 발을 들이지 마십시오. 노가다라도 해서 떳떳하게 사세요. 그 정도 힘이면 차라리 그편이 더 나아요…….'"

상두는 그렇게 뒤돌아섰다.

그는 주먹으로 세상을 지켜냈다. 아니 지켜냈었다.

주먹질로는 돈을 벌어본 적이 없다. 그의 주먹은 사람을 살리는 주먹이지 돈을 버는 주먹이 아니었다.

갑자기 자신의 주먹이 부끄러워졌다.

"마스터라고 불리던 내가…….'"

하지만 이 세계는 주먹으로 세상을 지켜낼 수는 없다. 이 세상을 지켜내는 것은 다른 것들이었다.

"돈이… 뭐지……? 돈이…….'"

어떻게든 돈을 벌어야 살아갈 수 있는 그런 세계가 바로 이 곳이다.

그는 마음을 다잡았다.

그렇지 않고서는 도태될 것이다.

CHAPTER **06**
복수

연전연승.

요즘의 상두를 표현할 수 있는 말은 그것뿐 달리 표현할 말
이 없었다.

8전 모두 KO승.

정식 대회가 아니다 보니 시합이 꽤 많았다. 덕분에 벌어지
는 돈도 많았다.

데뷔를 승리로 장식하고 난 뒤 한 번도 승리를 놓쳐 본 적
이 없었다.

게다가 상대를 어떻게 하면 멋있게 쓰러뜨릴 수 있는지 알

고 있는 상두였다. 대륙에서 수많은 상대를 넘어뜨려 봤으니 어떤 것이 멋진 것인지 몸으로 인식하고 있었던 것이다.

그렇다보니 다른 경기보다 박력도 있었고 KO도 멋있게 얻어내니 인기도 높았다.

인기가 높아지다 보니 당연히 관중 동원력도 다른 선수들에 비해 월등히 높았다.

한 달 가까이 되는 시간동안 그는 이미 이 대회 최고의 히트메이커가 되었다.

그가 나오는 날에는 관중들이 구름같이 몰려 들었다. 덕분에 그날은 다른 경기들도 흥했고 대회의 대표가 아주 즐거운 비명을 지르는 날이었다.

이번 경기도 쉽게 끝냈다. 하지만 박력이 넘쳐흘렀다.

카운터펀치로 실신시켰던 것이다. 이렇듯 늘 KO 승으로 장식을 하니 10승 이후로는 대전 상대를 찾기도 쉽지가 않았다. 가끔 객기를 부리는 자들이 있어야만 가능했다.

이번에도 어렵사리 마련한 경기였다. 쓰러진 상대는 요즘 연승을 쌓고 있어서 인기도 꽤 있는 선수였다.

하지만 결과는 상두의 손쉬운 승리.

상두는 쇼맨쉽을 발휘해 주먹을 번쩍 들어 올렸다.

관중들의 환호성이 사방으로 퍼졌다. 상두는 링 위에서는 그 누구보다 스타였다.

이때만은 그 어떤 것도 들리지 않고 희열이 느껴졌다. 이것이 바로 격투기의 매력일 것이다.

하지만 링 아래로 내려오는 그의 표정은 그리 좋지가 않았다.

락커룸으로 들어간 그는 한숨을 내쉬었다.

"그래……. 이제 그만둬야 할 때가 온 거야."

상두는 더 이상 지속하기 힘들었다.

분명 돈도 꽤 되었고, 희열도 있는 그런 직업임은 틀림이 없었다.

하지만 그의 주먹은 돈을 벌기 위한 주먹이 아니었다. 그의 주먹은 사람을 살리는 주먹이었다. 하지만 상두가 선수들을 때려눕힐 때마다 선수 생명이 끝난다.

생업이 끊긴다는 것이다.

사람을 살리는 주먹으로 사람을 죽이고 있는 것이나 다름이 없었다.

더 이상은 이런 굴레를 쓰고 싶지 않았다.

"오늘로서 끝이다. 이 짓을 끝내는 거야."

어차피 방학도 끝나가고 이짓도 그만둘 때도 되었다.

일전에 격투대회를 그만두겠다고 선언했던 선수를 죽사발로 만들어 병원으로 보낸 소식을 상두는 들었다.

이런 일이 한두 번이 아니었다. 상두가 그런 경우를 당하지는 않겠지만, 분명 끈덕지게 괴롭힐 것이 분명했다.

상두는 락커룸에서 떠날 준비를 다 하고 사무실로 향했다. 그는 큰 음을 먹었다. 분명 그만둔다고 하면 난리를 치며 곱게 보내지 않을 것이다. 하지만 언제고 겪어야 하는 일이다.

사무실 문을 열었다.

"오오! 요즘 가장 핫한 박상두 군이 아닌가. 갑자기 무슨 일인가? 경기를 마쳤으면 돌아가야지."

노성환은 상두를 반겼다.

가장 잘 나가는 선수이니 당연히 반기는 것은 당연하다. 하지만 분명 상두의 이야기를 들으면 인상이 굳어질 것이다.

"이제 그만두겠습니다."

역시나……

그의 표정이 굳어졌다. 항상 웃고 있는 사람 좋은 표정은 사라지고 똥을 씹은 것 같은 표정만 남았다.

가장 잘나가는 선수이다. 그가 그만둔다면 관중이 큰 폭으로 감소할 것이다. 인상을 찌푸리는 것도 당연하다.

"왜지?"

"이 세계에 염증을 느꼈습니다."

"대전료가 부족한 건가?"

상두는 고개를 가로저었다. 돈의 액수 따위는 중요하지 않았다.

"저는 그만두겠습니다."

그는 자리에서 일어났다.

통보도 했으니 이제 더 이상 할 말도 없었다. 하지만 대표는 상두를 곱게 보내고 싶지 않을 것이다.

상두가 사무실 밖으로 나가자 그곳에는 무기를 든 열 명 정도의 노성환의 똘마니들이 있었다. 역시나 뒤끝이 좋지가 않다.

"쉽게 보내주지 않을 모양이군."

상두의 눈빛이 변했다.

저들은 조폭이나 다름없는 사람들이었다.

저들을 벌한다고 해서 상두가 양심의 가책을 느낄 필요가 없었다. 분명 몇몇은 격투기선수였다가 전향한 사람도 있지만 이 길을 선택한 이상 자비는 없다.

상두는 천천히 그들에게 걸어갔다.

그의 몸속 에너지를 끌어 올렸다. 무기를 가지고 있으니 육체를 강화해서 방어력을 늘려야 했다.

상두가 천천히 다가옴에 따라 똘마니들은 약간의 두려움을 느꼈다. 그들이 숫자가 많다고 해도 격투기선수를 수십여 초만에 쓰러뜨리는 거물이다. 두려움은 당연하다.

하지만 숫자가 많다는 것은 사람들의 마음에 오만한 용기를 심어준다. 그 오만함으로 힘을 얻은 모두가 상두에게 달려들었다.

무기를 들었다.

인원수도 많다.

아무리 실력 좋은 격투기 선수인 상두라고 해도 겁먹을 필요가 없었다. 순식간에 끝날 것이다.

하지만 결과는 달랐다.

"크아악······!"

상두에게 달려드는 자들마다 마치 추풍낙엽처럼 땅으로 너부러졌다. 공격이 보이지도 않았고 타격은 무척이나 강력했다.

무기를 들었기 때문에 상두도 물론 공격을 당하고 있었지만 찰과상에 그칠 뿐이었다.

마치 한바탕 폭풍이 몰아친 것 같았다.

그 폭풍에 모두들 쓰러졌다.

상두는 뒤쪽에서 담배를 피며 바라보고 있는 노성완을 바라보았다. 여유롭게 한 모금 담배를 빨아 당기고 있다고는 하지만 그의 눈빛에는 두려움이 가득했다. 이렇게 되리라고는 생각하지 못한 것 같았다.

10명의 무장한 똘마니를 모두 쓰러뜨린 상두······. 그러고도 지친 기색 하나도 없었다. 이 세상이 사람인가 싶을 정도였다.

"꼭 그만두어야겠나?"

떨리지 않는 목소리로 말하고는 있었지만 그의 손에 들린 담배가 덜덜덜 떨리고 있었다. 상두는 그것을 보고는 비웃음을 보였다.

"만약 더 이상 보복이 있다면 그때는 당신을 죽일 수도 있습니다."

상두는 그렇게 엄포를 하고 이곳을 떠났다.

"빌어먹을 새끼⋯⋯."

그는 덜덜 떨리는 손으로 담배를 바닥에 내던졌다.

"이 담배처럼 진짜로 짓이겨 주마⋯⋯ 넌 사람 잘못 골랐어⋯⋯."

그는 오기 때문인지 담배를 강하게 짓밟고 이죽거렸다.

"후우⋯⋯. 꼴이 말이 아니네."

상두는 약국에 들러서 붕대와 거즈 소독약 등을 샀다.

골절되거나 근육이 파열되는 등의 큰 부상은 없었다. 하지만 살갗이 벗겨지는 찰과상을 입었다. 멍도 좀 든 것 같았다. 이대로는 집으로 돌아갈 수가 없었다. 어머니가 이 꼴을 보면 난리를 칠 것이다.

그는 금오시장으로 향했다.

이곳이 유흥가가 밀집되어 있다 보니 모텔도 많이 있었다.

지산뜰에서도 가까워 상두는 그곳을 선택했던 것이다.

"흠······. 내가 생각을 잘못했군······."

하지만 그의 생각은 좋지 않았다.

유흥가가 밀집해 있다 보니 질이 질 나쁜 인종들이 모여 있게 마련이었다. 역시 대회관련자들도 이곳에 있었다. 눈에 불을 켜고 다니는 것이 상두를 찾는 것 같았다.

"뒤끝 한번 요란하네······."

아직도 노성환은 상두를 찾기 위해 사람을 풀었던 것이다.

그는 똘마니들을 피해 다른 곳으로 움직이려고 했다.

"저기다!"

하지만 발각되었다.

"제길······!"

상두는 그들에게서 멀어지려 도망치기 시작했다. 금오시장은 골목이 많아서 골목 사이사이를 이동했다. 축지를 쓰면 쉽게 이동할 수는 있었다. 하지만 급커브가 많은 골목에서 축지를 잘못 사용했다가는 크게 다칠 수도 있었다.

그래도 상두의 속도는 저들이 쫓을 만큼 느리지 않았다.

도망치다보니 터미널 근처까지 도망칠 수가 있었다. 터미널 뒤쪽 어두운 골목에 들어서자 그들이 쫓아오지 않는 것을 느낄 수가 있었다. 그는 어두운 공간에서 상처를 치료했다.

"걱정인데······."

반창고를 바르는 상두는 인상을 찌푸렸다.

쉽게 끝날 것이라고는 생각도 하지 않았지만, 노성환은 뒤끝이 굉장히 길 것 같았다.

그는 터미널 근처의 허름한 모텔에 들어가 몸을 뉘었다. 피곤했는지 그는 금세 잠이 들어 버렸다.

다음 날.

잠에서 깨어난 상두는 찰과상이 어느 정도 치유된 것을 알수가 있었다. 그의 몸속의 에너지는 알아서 찰과성을 치료해 놓은 것이다. 하지만 멍은 치료되지 않았다.

"어머니가 걱정하실 텐데."

상두는 대충 정리하고 집으로 향했다.

집에는 어머니가 일도 나가지 않고 계셨다. 아들이 외박을 하니 걱정이 된 것이다. 상두는 어머니가 없을 줄 알고 집으로 바로 왔는데 낭패라는 표정을 지었다.

"어디 있다가 온 거니?"

"친구들하고 놀다 보니 이렇게 됐어요."

상두는 뻔한 거짓말을 했다.

"얼굴은 왜 그 모양이야? 싸움질이나 하고 다니는 거니?"

어머니의 잔소리에 상두는 그저 고개를 돌려 피할 뿐이었다.

"대학까지 들어갔으면 철이 들어야지 원……."

그녀는 고개를 절레절레 흔들고는 출근 준비를 했다. 아들이 돌아왔으니 이제 안심하고 일터로 나갈 수 있었다.

"엄마 일 나간다. 반찬은 만들어 놨으니 밥 챙겨 먹어."

상두는 고개를 끄덕였다.

어머니가 나가시고 얼마 후 그의 휴대전화가 울렸다.

전화를 받으니 박경파였다. 지금 그의 사무실로 오라는 호출이었다. 긴히 할 이야기가 있다는 것이다.

상두는 사무실로 향했다.

"오랜만이군."

건물 입구에서 박강석이 그를 맞이했다. 상두는 고개를 끄덕였다.

"얼굴에 상처가 있군. 싸움이라도 한 건가?"

"신경 쓸 것 없어."

박강석의 안내로 사무실에 도착했을 때 박경파는 좋지 않은 인상을 보였다.

"앉게, 박상두 군."

상두는 소파에 앉았다.

그는 담배를 입에 물고 불을 붙이더니 한 모금 빨아 당겼다. 무언가 심각한 이야기를 하려는 것 같았다.

"자네에 대한 안 좋은 소문이 있던데……."

"무슨……."

박경파는 담배 연기를 뿜어내며 다시 말을 이었다.

"안 좋은 단체와 엮였다는 것 같은데. 몸조심하게. 그쪽 대표라는 자는 아주 악랄하고 지독한 놈이야."

역시나 그는 상두가 그쪽 일을 한다는 것을 알고 있었다. 음성적인 일은 역시 조직들이 먼저 알아차린다. 사실 경기에 박경파도 몇 번 와서 구경하는 것을 본 적이 있는 상두였다.

"그만두었습니다."

그만두었다는 말에 박경파는 웃음을 보였다.

"잘 처리했나?"

상두는 고개를 끄덕였다.

하지만 잘 처리하지는 못했다. 박경파가 힘을 써 줄까봐 걱정이 되었다. 물론 그가 나서면 평정이 될 수도 있다. 하지만 오히려 더 크게 번지는 수가 있다. 그것을 미연에 방지하고 싶었던 것이다.

"자네는 똑 부러지니까 잘 해결했을 거라고 믿네. 하지만 무슨 문제가 있으면 나를 찾아와."

박경파의 말에 상두는 웃으며 고개를 끄덕였다.

"감사합니다."

그의 진심으로 걱정해주는 마음이 너무도 고마웠다. 하지만 찾아오지는 않을 것이다. 괜히 그의 힘을 빌리면 일은 더 크게 된다.

*　　*　　*

며칠간 소동은 없었다.

노성환의 뒤끝으로 좀 힘들 것이라고 생각이 들었지만 그렇지도 않은 것 같았다. 그래도 아직 안심할 수는 없었다.

예상하지 못하는 때에 급습할 수도 있었던 것이다.

상두는 그래서 집에서 두문불출했다. 수련도 하고 싶었고 바깥 공기도 쐬고 싶어 답답했지만 어쩔 수 없었다. 집에 있는 동안 공부나 좀 할 생각이었다.

대학교에 들어가니 학문의 깊이가 역시나 깊어 이해가 힘들었다. 1학기가 거의 끝나갈 즈음이 되자 이제 외었던 것들이 이해가 되었다. 이해가 되니 공부가 조금씩 재미가 있었다. 하지만 아무리 재미가 있어도 공부를 하다보면 졸음이 오게 마련이다.

그의 눈은 스르륵 감겼다.

공부를 하다 지쳐 잠든 상두의 휴대전화 벨이 울렸다.

"누구야……"

그는 잠결이 일어나 번호를 확인했다.

"응? 모르는 번호인데."

상두는 일단 전화를 받았다. 학교나 다른 중요한 전화일지
도 모르니 말이다.

"여보세요. 네?"

상두의 눈이 크게 뜨여졌다. 가물가물하던 잠이 확 달아나
는 것 같았다.

"그게 정말입니까!"

그는 자리에서 벌떡 일어났다. 옷을 대충 챙겨 입고 그는
밖으로 뛰쳐나갔다.

전화를 건 사람은 어머니 근처 점포의 아주머니였다.

전화 내용은 지금 알 수 없는 무리들이 상두 어머니의 점포
를 두들겨 부수고 있다는 것이었다.

그의 머리를 스치는 것은 바로 노성환이었다. 설마 어머니
에게까지 마수를 뻗칠 것이라고는 상상도 못했다.

그는 택시를 잡았다. 버스를 기다릴 틈이 없었다.

"아저씨 중앙통으로 갑시다."

택시를 타고 빠르게 시내 중앙통에 도착을 했다. 이미 그곳
은 소란스러웠다. 사람들의 비명 소리와 물건 깨지는 소리가
사방을 울렸다.

"제기랄!"

상두는 빠르게 어머니의 일터로 뛰어샀다.

덩치가 큰 몇몇이 점포를 두들겨 부수고 있었다. 그 뒤에는

노성환이 팔짱을 끼고 보고 있었다.

"이 자식들이!"

상두는 달려들어 그들을 모두 밀어냈다. 덩치들이 나가 떨어지자 소란은 어느 정도 진정이 되었다.

"이게 뭐하는 짓이야!"

상두는 노성환을 발견하고 소리쳤다.

"오오……. 상두 군, 빨리도 왔네?"

"이건 당신과 나의 일이야. 왜 어머니에게까지 난리를 치는 거야!"

상두의 외침에 그는 고개를 절레 흔들었다.

"아니… 가족들도 당연히 같이 짐을 짊어져야지? 그게 바로 가족 아닌가?"

"그런 억지가 어디에 있어!"

"내가 그렇게 쉽게 포기할 줄 알았나? 난 내 손에 들어온 물고기는 놓아주지 않아. 알이?"

상두는 그를 노려보았다.

달려들어 쓰러뜨리고 싶었다. 하지만 그녀의 어머니가 그의 팔을 잡았다. 그리고 고개를 흔들었다. 일을 더 크게 만들면 상두가 오히려 말린다는 것을 그녀는 알고 있었던 것이다.

"제… 기랄……."

그가 주먹을 피가 나도록 꽉 쥐고 몸을 부르르 떨었다.

사이렌 소리가 들려온다. 경찰이 이 소란에 신고 받고 달려온 것이다.

경찰이 들이닥치자 건달들이 모두 자리를 떴다. 아마도 별 한두 개씩은 달고 있으니 경찰에 연행되면 골치가 아파진다.

하지만 노성환은 자리를 피하지 않았다. 믿고 있는 것이 있을 것이다. 그의 대회에는 고위 경찰 관계자들도 와서 관람하곤 했다.

"아이고…… 수고하십니다."

역시나 그는 경찰들을 다른 곳으로 데리고 갔다. 가면서 주머니에 돈을 몇 푼 찔러 넣는 것을 볼 수가 있었다.

돈…….

돈이면 공권력도 무력화시킬 수 있었다. 이 세계에서의 돈의 파워는 상상을 초월했다. 요즘은 사랑도 돈으로 살고 판다고 하지 않는가.

상두는 돈을 벌어야 한다는 생각이 들었다. 아니 절실히 들었다.

상두는 점포를 바라보았다. 모두 박살이 나 있었다.

장사를 할 수 없을 만큼…….

더 이상 복구는 불가했다. 상두의 눈가에 한줄기 눈물이 흐르는 것을 느낄 수가 있었다.

어머니는 주저앉아 멍하니 바라보았다.

그녀는 울 힘도 없었다. 그럴 여력은 돈이 있는 사람만이 가능하다.

이 리어카와 기물을 다시 준비하려면 몇 백은 있어야 할 것이다. 하지만 지금 수중에는 그럴 돈이 없었다.

"어머니……."

상두는 그녀를 일으켰다.

하지만 그녀는 일어날 생각을 하지 못하고 있었다. 그만큼 충격이 큰 것이었다.

집으로 돌아왔을 때 어머니는 몸져누웠다. 아무런 말도 없이 그저 누워만 있었다.

상두는 가슴이 아파왔다.

이렇게 된 원인은 모두 그에게서 비롯된 것이 아닌가. 자신의 힘만 믿고 너무 안일하게 생각한 그의 탓이었다.

"뿌리를 뽑아야 한다……."

상두는 읊조렸다.

모든 일의 근원은 원래 뿌리부터 제거해야 한다. 그것을 잘 알고 있는 상두였다. 하지만 이 세계가 너무 평화롭다 보니 그 사실을 잊은 것이다.

분명 노성환은 포기하지 않고 상두를 괴롭힐 것이다. 그가 다시 격투기의 세계로 돌아올 때까지 그의 괴롭힘은 멈추지 않을 것이다.

밤이 찾아왔다.

상두는 온몸이 검은 옷으로 도배를 했다. 모두가 움직이기 편한 곳이다.

손에 붕대를 칭칭 감았다. 글러브 대신이었다.

격투에서 글러브는 중요했다.

손을 보호하는 목적이 첫째다. 하지만 손을 보호한다는 심리가 더욱더 강력한 펀치를 이끌어 낼 수 있는 것이다.

그의 표정은 비장했다.

전투를 앞둔 투사의 표정이었다. 지금 상두도 다르지 않았다.

그는 노성환을 찾아가 담판을 지을 것이다. 아니 전투를 벌일 것이다.

어쩌면 사람을 죽일지도 모른다. 하지만 사람을 죽이지 않기로 그는 다짐했다. 뿌리를 뽑는다는 것은 좋지만 그가 사람을 죽여 감옥에 가게 되면 남겨질 어머니는 어떻게 한단 말인가.

게다가 그가 목표로 하는 것은 노성환이다.

그의 부하들은 상관이 없었다. 그들은 그저 노성환의 명령에 따르는 꼭두각시일 뿐이다.

그는 출발했다.

지산뜰은 신평 뒤쪽이라 걸어가면 된다.

썩어가는 강 위의 다리를 건넜다.

둑 밑의 인가를 지났다.

평야인 지산뜰이 나왔다.

아무것도 없이 논밭만 펼쳐져 있는 공간. 밤이라 어두워 을 씨년스러웠다. 하지만 상두의 몸에서 풍겨져 나오는 기운이 더 싸늘했다.

얼마쯤을 걸어갔을까?

드디어 경기장 앞으로 다가왔다.

경기는 모두 끝나고 이제 정리하는 시간이다. 상두는 이때 를 택했다. 관중도 없고, 노성환도 있는 그런 시간이었다.

노성환을 아작 내기 가장 적합한 시간…….

입구에 몇 명의 건달이 담배를 피우고 앉아 있었다. 어제 같이 잠자리를 한 여자에 관해서 음탕한 이야기를 주고받고 있었다.

"아직 일도 다 끝나지 않았는데 농땡이냐?"

상두의 읊조림에 그들은 깜짝 놀랐다.

"엇!"

그들은 상두를 발견했다. 그들은 당황하여 상두에게 대항 하려 입에 문 담배를 집어 던졌다.

하지만 그들은 그것이 마지막이었다.

상두가 배를 강하게 타격하자 그대로 쓰러졌다. 죽지는 않았다. 숨이 막혀 잠시 기절했을 뿐이다.

상두는 경기장 천막 안으로 들어갔다.

삼십 명의 건달이 있었다. 청소를 하는 이들도 있었고, 농땡이를 치는 이들도 있었다. 하지만 그들은 일제한 한곳을 노려보았다.

바로 박상두였다.

"뭐야, 저 새끼……."

"나다, 박상두."

그들은 어이없다는 듯 헛웃음을 보였다. 호랑이소굴이나 마찬가지인 곳에 무기도 없이 맨몸뚱이로 찾아왔다.

"너 실성했냐? 아무리 격투기를 잘한다고 해도 맨몸뚱이로 찾아와? 돌았네, 돌았어."

"너희들은 상관없다. 뒈지고 싶지 않은 놈들은 꺼져라."

상두의 강한 엄포.

하지만 모두들 일제히 박장대소를 보였다. 아무리 강하다고 해도 수십 명이 있다. 거기에 무기도 있다. 상두가 이길 수 있을 리가 만무했다. 하지만 그들은 상두의 무서움을 아직 못 느껴봤기 때문이다.

"역시 네놈들은 어리석구나."

상두는 고개를 흔들었다. 다치지 않게 보내주려 했건만 그들은 상두의 호의를 거절했다.

"뭐야, 이 새끼가!!"

오히려 연장들을 들고 상두에게 달려들었다.

상두는 피하지 않았다. 상두에게 그들은 무서울 것이 없었다.

오히려 그들에게 달려들었다.

"하압!"

강력한 기합!

투명한 기운이 빠르게 퍼져 나와 달려들던 놈들의 앞 열이 무너졌다. 그들이 일어설 틈도 없이 상두는 2선을 향해 달려들어 공격을 펼쳤다.

그야말로 폭풍우처럼 몰아쳤다.

비대신 피가 사방으로 튀었고, 천둥 대신에 뼈가 부서지는 소리가 사방을 에워쌌다.

"크와악!!"

그와 함께 비명 소리가 사방을 적신다.

죽이지는 않았다.

이런 버러지를 죽이는 것은 상두에게 일도 아니다. 그저 팔다리를 부숴놓아 움직이지 않게만 하면 된다. 이들이 죽을 이유는 없었다.

건달들이 모두 팔다리가 부서져 신음한다. 믿을 수 없는 현실에 울부짖는다.

아비규환이다.

상두는 그 아비규환을 천천히 내딛었다. 그의 발걸음은 천천히 노성환의 사무실로 향했다.

"죽어라!!"

남아 있던 건달이 힘을 모두 짜내어 연장을 들고 달려든다. 그리고 휘둘렀다.

퍼억!

상두는 피하지 않았다. 그의 공격을 그대로 맞이했다.

하지만 상두는 멀쩡하다.

그는 뒤를 돌아보았다. 건달이 벌벌 떨며 상두를 바라보고 있었다. 수십 명의 거한들을 쓰러뜨리고, 각목으로 머리를 맞았는데도 멀쩡하다. 상두의 머리 가죽이 약간 찢어졌는지 피가 얼굴을 타고 흐른다.

상두는 히죽 웃었다. 그런데도 웃는다.

"인간이… 인간이 아니야……!"

건달은 도망치려 했지만 발이 굳어서 못 움직였다. 마치 악귀를 보는 것 같은 느낌이었다.

"버러지 같은 놈."

상두는 그의 배를 강하게 걷어찼다.

"크윽……!"

숨이 멎을 것만 같은 고통이 밀려와 그는 그대로 쓰러질 수밖에 없었다.

상두는 얼굴에 흐르는 피를 닦아내고 다시금 나아갔다. 이제 그를 방해하는 사람은 아무도 없었다.

노성환의 사무실 앞에서 발걸음이 멈췄다.

사무실 앞에서 그는 출입문을 강하게 걷어찼다. 출입문은 요란한 소리와 함께 안으로 튕겨져 날아갔다.

"없군……."

역시나 이미 그 안에는 노성환이 없었다. 눈치를 채고 도망친 것이다. 하지만 멀리는 가지 못했을 터였다.

상두는 밖으로 나와 주변을 둘러보았다.

자동차로 빠르게 달려가는 노성환을 볼 수가 있었다.

"찾았다."

상두는 저벅저벅 다가가 운전석 옆으로 다가갔다.

그곳에는 노성환이 있었다.

피로 물든 악귀와 같은 상두의 얼굴!

"으이힉!!"

노성환은 겁을 집어 먹고는 자동차 시동도 걸지 못했다.

"걸려라……! 제발 좀 걸려라!"

차키를 넣으려고 해도 계속 빗나가고 있었던 것이다. 그럴수록 그의 이마와 온몸에는 식은땀이 철철 흘렀다.

상두는 문을 열려 했다. 하지만 잠겨 있어 철컥철컥 소리만
날 뿐이었다. 노성환은 약간 안심한 듯 자동차키를 꽂았다.
하지만 그 안심은 오래가지 못했다.

자동차 시동을 걸려는 찰나……!

우지끈하는 소리와 함께 차문이 떨어져 나갔다.

"으아악!!"

그는 여자처럼 비명을 질렀다.

하지만 지금 그는 이곳에서 비명을 질러도 소용이 없었다.

이곳은 논밭만 있는 곳.

주변에는 인가라고는 없었다. 밤이라 작업하는 농부들도
없었다. 그를 도와줄 사람이 아무도 없었다. 자신의 힘만으로
이겨내야만 했다.

상두는 그의 멱살을 거머쥐고는 차 밖으로 내동댕이쳤다.
바닥에 아무렇게나 버려진 인형처럼 널브러진 노성환…….
그의 눈에는 두려움이 가득했다.

"사, 살려줘……."

건달 삼십 명을 그대로 아작을 내고 온 남자다. 노성환 그
를 죽이는 것은 일도 아닌 그런 남자다.

"사, 살려달란 말이야……!"

상두는 고개를 절레 흔들었다.

"죽이지는 않아."

죽이지는 않을 것이다. 법이라는 것이 있으니 죽일 수도 없다.

"이 나라는 법이라는 것이 있지? 그러니까 죽일 수는 없잖아."

죽이지 않을 것이다. 이런 놈은 죽이는 것보다는 죽음의 극한의 공포를 맛보게 하는 것이 더 나을 것이다. 그리고 그 고통을 평생 지고 살아가게 해야 한다.

"얼마면 돼……! 얼마면 되냐고……! 천만 원? 오천만 원? 아니, 아니! 일억까지 줄 수 있다! 살려줘!"

상두는 인상을 찌푸렸다.

"죽이지는 않는다니까 그러네."

상두는 그에게 다가갔다.

노성환은 누운 채로 뒤로 물러났다. 돈을 준다고 해도 통하지 않는다. 이미 공포감이 하늘을 찔렀다. 그의 하체는 소변으로 축축하게 젖어있다.

"일단 좀 맞자."

상두는 그의 위로 올라갔다. 그리고 얼굴을 강하게 내려쳤다.

"크아악!"

그는 비명을 질러댔다.

온몸의 뼈가 다 울리는 것 같았다. 턱이 부서지는 것만 같았다. 얼굴의 근육이 찢어지는 것 같은 고통이었다. 태어나서 그가 처음 느껴보는 미칠 것 같은 고통이었다.

"아프지? 네가 명령해서 다친 사람들도 이렇게 아팠을 거다."

또다시 상두는 강하게 얼굴을 내려쳤다.

"크악!!"

이번의 비명은 꼭 실신할 것 같은 비명이었다. 역시나 실신했다. 그는 이런 충격에 견딜 만한 몸이 아니었던 것이다.

하지만 상두는 그가 실신하도록 놔두지 않는다.

상두는 그를 질질 끌고 논두렁에 얼굴을 박았다. 그리고 다시 꺼냈다. 물속에 들어갔다 나오니 정신이 드는 노성환이었다.

"그, 그만……. 내가 잘못했어……. 내가……."

노성환은 지금 지옥에 있는지 이승에 있는지 분간이 되지 않을 정도로 고통스러웠다. 그 정도로 지금 그는 고통스럽고 두려웠다.

"아직 멀었어. 뭐, 두 대 가지고 그렇게 엄살이야?"

상두가 주먹을 들자 노성환이 얼굴을 막으러 본능적으로 손을 들었다. 죽지 않으려는 최후의 발악이었다.

"아……. 이 손으로 손가락질하면서 명령했지? 미운 손가락이네……."

그는 노성환의 손가락을 하나 잡았다. 그리고 꺾었다.

"으아악!!"

또다시 그의 비명 소리가 사방으로 울렸다. 또다시 손가락을 꺾었다. 뿌드득 소리가 나는 것이 이번에는 부서졌다.

"크와아아아아아악!!"

마치 지옥에 떨어진 사람처럼 그는 비명을 질러댔다.

"시끄러워!"

상두는 그의 따귀를 내려쳤다. 아니, 계속 내려쳤다. 얼굴이 퉁퉁 붓고 입술이 터져 피범벅이다.

"그만… 그만……."

그는 숨을 헐떡거리며 사정했다.

"아니, 그만 죽여줘……."

하지만 상두는 멈출 생각을 하지 않았다.

"죽여 달라고!!"

노성환이 비명과 가까운 괴성을 질렀다.

"죽여 달라고? 허……? 죽여 달라고? 우리의 생업을 끝내버렸어……. 그리고… 그것에 매달려 어떻게든 자식을 키워보려고 했던 어머니를 몸져 눕게 했어. 그런데, 그런데 살려 달라고……? 하하하? 살려 달라고? 이런 빌어먹을 놈아!!"

상두는 화가 치밀어 올랐다.

솔직히 말해 이딴 자식 죽든 말든 상관이 없었다. 주먹을 들었다. 푸른 반투명의 기운이 이글이글 맺혔다.

노성환은 눈을 감았다.

그는 직감하고 있었다. 저 주먹을 맞으면 그가 죽을 것이라는 것을…….

차라리 그에게는 지금 죽는 편이 더 나을지도 모른다.

하지만 주먹은 나아가지 못했다.

"그만해……."

그의 팔을 누군가가 잡고 있었다. 그는 바로 박경파였다.

아무래도 상두가 걱정이 되어 그의 근처에 미행을 심어 놓았던 것이다.

분노로 눈이 먼 상두는 그런 미행을 눈치채지 못하고 있었던 것이다.

"회장님……."

"살인자가 되고 싶은 거냐. 너답지 않구나."

그는 상두의 어깨를 토닥여 주었다.

"너는 아직 앞날이 창창한 젊은이야. 이런 일은 조폭에게 더 어울리는 거야. 너는 조폭이 아니잖아? 그냥 대학생이다."

그가 나타나자 상두의 눈시울이 붉어졌다.

그간 설움이 복받쳐 올랐던 것이다. 정말 아이처럼 울었다. 서른 살이 넘은 카논의 혼을 지닌 상두는 박경파의 품에서 미친 듯이 눈물을 흘렸다.

*   *   *

조용히 넘어갔다.

박경파의 힘이 컸다. 쓰러진 서른 명의 대회 관계자와 건달들을 그의 전담 주치의에게 넘겨 경찰이 달려들 것을 미연에 방지했다.

박경파의 빠른 판단과 지도력 덕분이었다.

격투대회장은 철거되었다.

박경파가 모조리 철거한 것이다. 그저 조악하게 지어놓은 곳이라 그리 철거는 어렵지 않았다.

그리고 노성환은 그 이후로 실성했다.

그는 상두에게서 죽음보다 더한 공포를 맛보았다. 실성하지 않으면 이상한 것이다.

그의 상태는 정말로 심각했다.

누군가가 주먹만 들어도 오줌을 지릴 정도였다. 그는 이제 더 이상 제대로 된 생활을 할 수 없을 것이다. 아니 사람구실조차 할 수 있을까 미지수였다.

덕분에 구미에서 열리던 격투대회는 사라졌다.

처음에는 꽤나 많은 사람들이 아쉬워했지만, 며칠이 지나
자 별로 신경 쓰지 않았다. 이 세상에는 그것이 아니래도 즐
길거리는 많았다.

그렇게 인간은 원래 있었던 것도 사라지면 망각하는 동물
이다.

상두는 박경파의 빌딩에 머물렀다.

집으로 돌아갈 수가 없었다.

머리의 상처가 조금 깊었던 것이다. 마음을 다잡지 못하니
에너지가 제대로 힘을 발휘를 못하는지 상처가 쉽게 아물지
않았다.

가뜩이나 심적으로 약해진 어머니가 이것을 본다면 더욱
더 힘들어 할 것이 분명했다. 상처가 아물 때까지는 이곳에서
지내야 할지도 모르겠다.

멍하니 앞만 보고 있는 상두에게 박경파가 다가왔다.

"이제 속이 시원하나?"

그는 상두의 옆에 자리를 내고 앉으며 물었다.

상두는 잠시 생각하는 것 같더니 고개를 절레 흔들었다.

"왜?"

박경파는 다시금 물었다.

"오히려 가슴이 막혀 있는 것 같네요."

"이유는?"

"더욱더 힘든 생각이 머릿속에 들어왔기 때문입니다."

"어떤……?"

박경파는 담배를 입에 물었다. 상두는 그를 쳐다보지 않고 멍하니 앞쪽을 바라보며 대답했다.

"돈이 없다는 것의 처절함… 돈이 없다는 것의 비참함……."

"흠……? 비참함?"

"어머니를 보고 있으면 그런 생각이 듭니다. 알아보니까 일수 빚이 수백이고, 제2금융권에 예전에 빌린 것이 이자가 붙어 한 천만 원 됩니다. 그렇게 큰돈은 아니지만 우리 집 입장에서는 엄청난 돈이죠. 그렇다고 어머니가 일을 열심히 하지 않는 것도 아닙니다. 누구보다 열심히 일하죠. 그런데도 비참해요. 돈이 없는 건 비참함입니다."

"그걸 이제야 알았나?"

박경파는 담배에 불을 붙이지 않고 물고만 있으면서 다시 말을 이었다.

"가난은 부끄러운 게 아닌 거라고? 가난은 그저 불편한 것일 뿐이라고? 그거 다 개소리야. 가난하면 지독시리 부끄러운 거고, 가난하면 미친 듯이 비참한 거야. 그래서 다들 열심히 일하지. 하지만 이 세상이 엿 같아서 말이지……, 열심히 일한다고 되는 건 아니더란 말이야. 그러니까 투기가 있고,

갈취가 있는 거야. 그래서 나도 이 길로 빠졌지."

그의 말에 상두는 훗하고 웃음을 보이며 읊조렸다.

"회장님……."

"말하게……."

"저를 조직원으로 받아주시겠습니까?"

"아니, 절대."

박경파는 일언지하에 거절했다.

한 치의 망설임도 없었다. 상두 정도의 실력이라면 조직에 꽤나 필요했다. 분명 박경파도 상두에 대해 구미가 당겼던 것도 사실이었다.

"이유가 뭐죠?"

"자네는 강하다. 내가 본 어떠한 인간보다 강하지. 그래서 탐이 나는 것도 사실이네."

"그런데 왜 안 된다는 거죠? 예전에는 저를 탐내셨잖습니까!"

"자네를 원하는 것은 한낱 내 인간적 욕심일 뿐이었어. 자네는 이곳과 어울리지 않아."

상두는 이해할 수가 없었다. 그렇게 강하다면 받아줘야 되지 않는가.

"자네의 눈은 아직 절망적인 눈이 아니야. 아직 포기한 눈이 아니란 말이야. 자네… 이런 일로 삶을 포기할 것인가? 그 정도로 약한 사람인가?"

상두는 고개를 숙였다. 그의 말이 틀리지 않았다. 상두는 삶을 포기하지 않았다. 아니 포기할 수는 없었다.

"이쪽 세계는 포기한 놈들만 오는 곳이야. 그러니까 발도 들이지마라……."

"저도 그냥 물어본 것뿐입니다, 회장님……."

"그래."

"저 돈 좀 빌려주십시오."

상두의 말에 박경파는 옅은 미소를 보였다.

"이유는?"

"사업을 좀 하고 싶습니다. 지금은 작은 식당으로 시작해 보고 싶네요."

"내 이자는 좀 비싼데 괜찮겠나?"

"이자는 나중에 꼭 갚습니다."

박경파는 큰 웃음을 보였다.

"하하하! 그래! 일단 마음부터 추스르게. 내가 돈은 꼭 빌려줄 테니!"

박경파는 그의 어깨를 두들겨 주었다.

상두는 결심했다. 이 세상은 돈이다. 하지만 이 세상의 구조는 돈이 있는 놈만 돈을 벌 수 있는 구조가 되어 버렸다. 그렇기 때문에 박경파같이 조직에 몸담는 사람이 있고, 노성환처럼 음성적으로 돈을 버는 사람이 있는 것이다.

하지만 그는 달랐다.

정공법으로… 절대로 정공법으로 성공할 것이다. 그래서
세상에게 큰 엿을 먹여 버릴 것이다.

CHAPTER 07

어머니와 내 이름의 뒷글자를 따서……

방학이 끝났는데도 상두는 학교로 돌아가지 않았다.

잠시 서울로 올라갔다가 휴학신청을 하고 돌아온 것이 전부였다.

이유는 생활고 때문이다. 등록금까지 다 제공했지만 지난번 노성환의 린치로 어머니의 가게가 박살이 났다.

어머니는 그 충격으로 몸을 가누지 못하고 있었다. 상두가 생계를 책임져야 하는 것이 사실이었다.

디펭인 씻은 박경와 회장이 가게를 차릴 수 있는 사업자금을 마련해준다고 하였다. 지금의 상태로는 어머니 혼자서는 힘드실 것이다.

어느 정도 궤도에 오를 때까지는 상두가 도움이 되어야 한다.

상두는 박경파를 찾아갔다.

오늘이 돈을 빌려주는 날이었다. 이자를 크게 받는다고는 했지만, 사실상 무이자에 상환 날짜도 없는 대출이다. 아무것도 가진 것 없는 상두에게 이렇게 끈끈한 정으로 대해주니 항상 고마울 따름이었다.

상두가 사무실로 들어서자 박경파는 언제나 그랬듯이 반갑게 맞이해준다.

"오……. 왔구만. 자리에 앉게."

상두는 소파에 앉았다. 그러자 박경파는 품에서 통장을 하나 꺼내서 내밀었다.

"확인해 보게. 현금카드도 같이 들었고 쪽지에 통장과 현금카드 비번도 있어."

상두는 고개를 끄덕이며 통장을 받았다.

"얼마 들었는지 궁금하지 않나?"

그의 말에 상두는 웃음을 보이며 대답했다.

"회장님이라면 아주 잘 챙겨주셨을거라 믿습니다. 어떠한 액수라도 열심히 해서 빠른 시일 내에 갚겠습니다."

"그래도 확인해보게."

박경파의 성화에 상두는 통장을 열어보았다.

"아니……!"

상두는 눈을 의심했다. 육백도 아닌 무려 육천!

"이렇게 많이 빌려주시면……."

"지금 내가 끌어줄 수 있는 돈이 그 정도뿐이야. 마음 같아서는 억 단위로 맞춰주고 싶었는데 말이야. 내가 하는 이 사업도 어느 정도 법을 지키며 하고 있다 보니 예전처럼 함부로 돈을 유용할 수가 있어야지."

상두는 너무 부담스러웠다. 이삼천만 빌려줘도 감지덕지였다.

"이렇게까지 빌려주실 필요가 없습니다. 너무 많아요."

"많은 돈은 무슨……. 그 정도로는 대도시에서는 점포 하나 열 수 있는 돈으로 택도 없어. 구미니까 그 정도면 가능한 거지. 많은 돈도 아니야. 남는 돈은 유지비로 써야지. 그리고 빚이 좀 있다고 하지 않았나. 일부는 그것도 갚고."

상두는 이렇게 큰돈을 만져 본 적이 없어서 가슴이 두근거리는 것도 사실이었다.

"보증금에 권리금 등을 내면 남는 돈은 없을 거야. 돈이 모자라거나 하면 내가 또 보태줌세."

"아닙니다. 이 돈으로 어떻게 쪼개서 해봐야죠. 아니 많이 남을 겁니다."

상두는 자리에서 일어났다.

"정말로 고맙습니다. 저를 무엇을 믿고 이렇게 도와주시는지는 모르겠습니다."

"하하! 난 내가 마음에 드는 사람에게는 마구 퍼주는 성격이야. 내 성격 탓이니 너무 고마워하지 말게, 하하하!"

상두는 고개 숙여 감사의 인사를 전했다.

"정말로 가게는 우리 구역에서 차리지 않아도 되는 건가? 텃세도 그리고 다른 조직들이 개입할 텐데……. 내가 이 지역 최고의 조직의 보스라고는 하지만, 남의 나와바리는 함부로 건드릴 수 없어. 그것이 건달계의 불문율이지. 차라리 괴롭힘을 당할 바에야 우리 구역에서 가게를 차리는 게 낫지 않겠나?"

"괜찮습니다. 제가 어떻게든 해봐야죠."

상두는 다시금 인사를 하고 밖으로 나갔다.

그는 가슴이 두근거렸다. 누군가가 훔쳐갈까 주머니에 손을 꼭 넣고 다녔다.

"어머니가 어떻게 받아들이실까……."

혹시나 아들이 나쁜 짓을 해서 번 돈이 아닌지 의심하지 않을까 걱정이 되었다.

집으로 돌아온 그는 어머니의 방으로 들어갔다.

어머니는 이제 많이 추슬렀는지 텔레비전을 시청하고 있었다. 하지만 아직도 기운이 없는 것은 어쩔 수 없었다.

"어머니……."

"그래, 어디 갔다 오니……."

상두는 그녀의 앞에 앉았다. 그리고 다짜고짜 통장을 내밀었다.

"이게 뭐니?"

"식당할 사업자금입니다."

그의 말에 어머니는 의아한 듯 물었다.

"무슨 소리니?"

이해할 수가 없었다. 지금 시점에서 돈을 융통할 곳이 어디에 있나? 그녀의 지인들도 경기가 좋지 않아 돈을 빌리지 못하고 있는 상황이었다. 그런데 아직 어린 상두가 어떻게 돈을 빌릴 수 있단 말인가.

어머니는 놀라서 통장을 보았다. 첫 장에 기입된 금액을 보았다.

"육백이면… 다시 리어카 사고 준비할 수 있겠구나."

"다시 보세요."

어머니는 다시금 숫자를 세었다.

"육, 육천……!"

그녀는 깜짝 놀라고 말았다. 하지만 기분 좋은 표정은 아니었다.

"사채라도 쓴 거니?"

상두는 고개를 절레 흔들었다.

"사채라면 이가 갈리는 거 아시잖아요."

예전에 어머니가 쓴 사채 때문에 큰일을 겪지 않았던가. 그 일 이후에 사채라면 치가 떨린다.

그런데도 어머니는 계속해서 일수 등 사채를 썼다. 먹고살 려면 어쩔 수가 없어서 내색을 하지는 않았다.

"그렇다면 어디서 난거니?"

"아는 분께 융통했어요. 아주 고마우신 분이지요."

"아무리 그래도 육천씩이나 융통하다니……. 아무래도 이 해가 안 되는구나……."

"이래봬도 저 발 넓어요. 어머니. 나쁜 짓 한 건 아니니까 걱정 마세요. 개업식에 아마 이 돈을 빌려준 분이 오실 겁니 다. 그때라면 믿으시겠어요? 그러니까 걱정마세요."

"그 박경파라는 분 말이냐?"

상두는 고개를 끄덕였다. 하지만 아직도 그녀는 그리 기분 이 좋아 보이지는 않았다.

"박경파… 라……. 이분께 다시 돈을 돌려드리거라."

그녀는 상두에게 통장을 내밀었다. 상두는 화가 난 듯 통장 을 다시 던지듯 내려놓았다.

"그럼 굶어 죽어요?"

어머니 앞이다. 화를 최대한 삭이고 물었다. 어머니는 아무런 말이 없었다.

"어머니……. 이럴 때는 자존심 따위는 없어야 해요. 사업을 하기 위해 학교도 휴학했어요. 우리가 지금 절박한 것은 어머니가 더 잘 아시잖아요."

상두의 말에 어머니는 고개를 떨구었다.

"미안하다……. 상두야, 미안하다……. 애미로서 부끄럽구나……."

"아니에요. 어머니… 이제 우리 열심히 살아요. 남부럽지 않게요."

상두는 따스한 가슴으로 어머니를 꼭 안아주었다.

상두와 어머니는 다음 날부터 가게자리를 알아보러 다녔다.

박경파가 자신의 구역 쪽에 가게를 마련해준다고 다시금 제의했지만 상두는 거절했다.

상두의 힘으로 이겨내고 싶었던 것이다.

박경파의 도움은 돈을 빌린 것으로 끝내고 싶었다. 그의 도움은 감사했지만 더 이상은 부담스러웠던 것이다.

그들이 가게를 얻은 곳은 인동이었다.

하지만 인동 중심가에 가게를 얻으면 권리금이 많아서 어쩔 수 없이 인동에서 조금 벗어난 곳에 자리를 잡았다.

덕분에 권시비는 내지 않아도 되었다. 유동인구도 많은 곳이라 목은 그리 나쁘지 않았다. 잘만 홍보하면 성공할 수 있을 그런 자리였다.

경영학을 공부했던 상두는 배운 한도에서 가장 좋은 최적의 위치를 마련한 것이다.

공부를 할 때에는 이렇게 복잡한 것을 왜 공부하나 했더니 역시나 배워서 나쁠 것은 없었다.

언제 어떠한 방법으로든 공부한 것은 꼭 쓰이게 되는 것이다. 웃어른들이 말하는 배워서 남 주는 게 아니라는 이야기를 새삼스레 떠올리는 상두였다.

"원래 분식점 하던 곳인데 이곳에 뭐를 차릴 생각이십니까?"

부동산 중계인의 질문에 상두는 그저 웃기만 했다. 상두는 따로 생각한 메뉴가 있었다.

"어머니, 여기 어때요?"

"그래, 목도 좋고 괜찮구나."

어머니도 이곳이 마음에 드는 것 같았다. 상두가 어련히 알아서 생각하지 않았을까 하는 마음이었다.

"이곳으로 하겠습니다."

그렇게 가게를 결정하였다.

부동산으로 가서 계약서도 작성했다. 이제 점포가 생겼다.

집으로 돌아가며 어머니는 상두에게 물었다.

"메뉴는 토스트가 낫겠지?"

어머니는 역시 토스트였다. 그녀가 제일 자신있는 메뉴였고 맛도 꽤 있어서 손님을 끌었던 것이 사실이었다.

상두는 고개를 끄덕였다.

"네, 토스트로 해요. 하지만 토스트는 토스트지만, 떡갈비 토스트가 어떨까 해요."

"떡갈비 토스트? 그건 프렌차이즈 안 끼고 하면 단가가 꽤 높을 텐데?"

"단가가 낮은 육우와 돼지고기를 잘 섞으면 단가도 충분히 맞출 수 있을 것 같아요. 그리고 기계로 갈지 않을 거예요. 손으로 갈아야죠."

"하지만 힘들 텐데……."

"다지는 건 제가 할 테니까. 양념은 어머니가 하세요. 하실 수 있으시죠?"

상두의 물음에 그녀는 고개를 끄덕였다. 가세가 기울기 이전에 그녀는 요리로 일가견이 있다고 소문이 났던 사람이었다.

떡갈비도 맛있다는 사람들이 꽤나 있었다. 사실 상두도 그것을 기억해내고 제의한 것이다.

그리고 다음 이유는 상두가 떡갈비를 선택한 이유는 그의 힘을 이용하기 위해서였다.

모든 익히는 음식은 재료의 균일한 크기가 맞을 때 최상의 맛을 낸다. 그래서 떡갈비도 잘게 다지는 것이다. 그럴수록 재료의 크기가 균일해지기 때문이다.

상두의 눈과 팔은 그 재료의 크기를 누구보다 균일한 크기로 만들 수 있을 것이다.

거기에 어머니의 양념만 더해진다면 충분히 성공할 수 있을 것이다.

어머니는 집으로 돌아가는 내내 흐뭇했다.

늘 철부지였고, 제대로 하는 것도 없어 고민이었던 아들이 3년도 안 되서 완전히 다른 사람이 되었다. 대견하고 철이 들었다. 어머니는 흐뭇할 수밖에 없었다.

*   *   *

식당의 집기가 들어왔다.

권시비가 없다 보니 남아 있는 물건은 없어 모두 새로 구매해야 했다. 하지만 남이 쓰던 물건이 깨끗할 리가 없었다. 차라리 새로 구매하는 편이 나았다.

상두의 어머니는 그 집기들을 정리하고 있었다.

정리하는 손이 무척이나 즐겁다. 새로운 가게를 만들고 있으니 즐거울 수밖에 없었다. 하지만 그것만이 그녀의 즐거움은 아니었다.

그녀는 이런 가게를 가지는 것이 소원이었다.

언제나 여름에는 덥고 겨울에는 추운 노점에서 고생해왔다. 특히나 겨울에는 손을 호호 불면서 해야 하는 어려움이 있었다.

게다가 그녀도 늙어간다.

손님이 앉을 자리도 없는 그런 허름한 노점에서 언제까지 벌어먹고 살 수는 없었다. 노후에는 이렇게 장사를 하면서 살아가는 것도 나쁘지 않을 것이다.

정리하는 도안에 상두는 보이지 않았다. 그는 지금 이 자리에 없었다.

개업일에 맞춰 질 좋고 값싼 육우를 알아보기 위해서였다. 단가를 최대한 낮춰서 박리다매를 노리는 것이었다.

"애가 많이 컸어."

그렇게 열심히 하는 상두를 바라보는 어머니는 대견했다.

불과 3년 전만 해도 철부지에 아무것도 할 줄 모르는 아이였다. 하지만 설악산에서 실종되었다 돌아온 이후에는 철이 들었다.

가끔은 정말 내 아들이 맞나 싶을 정도로 달라지긴 했지만 그맘때는 성격도 바뀔 수 있으니 이해했다. 그래도 좋은 방향으로 달라졌으니 걱정거리는 아니다.

하지만 약간은 폭력적으로 변한 것은 고민이었다. 일수꾼을 처리했을 때에도 그렇고, 가게가 박살 났을 당시 건달들에게도 그랬다.

자신의 힘이 강해졌다고 그것을 믿고 경거망동할까 싶어 걱정이 되었다.

하지만 이제 아들도 큰 사람으로 느껴졌다. 그만큼 품안의 자식이라고 생각했던 것이 사리지기 시작해서 쓸쓸한 것도 사실이었다.

"아주머니?"

누군가가 들어왔다.

굵은 남성의 목소리.

"아직 개업 안했습니다. 다음에 오십시오."

그녀가 나지막하게 말하자 우당탕 소리가 났다. 놀란 어머니는 뒤를 돌아보았다. 바닥으로 의자와 테이블이 나뒹굴고 있었다.

"누구 허락 맡고 여기에 장사를 차린 거야?"

난동을 부린 사람들은 굉장히 험악하게 생긴 사람들이었다.

그 중간에 덩치가 굉장히 작은 사람이 있었는데 그가 이들의 두목인 것 같았다. 그는 마치 영화 속 조커의 웃음처럼 징그러운 웃음을 보이며 말했다.

"아주머니 처음 봤네. 이곳에 장사를 차렸으면 우리한테 신고를 했었어야지 아줌마."

"신고는 무슨 신고입니까. 시청에 다 신고했습니다."

그녀의 나지막한 말대답에 두목의 인상이 일그러지며 자신의 앞에 쓰러져 있는 의자를 발로 찼다. 다시 우당탕 소리가 나며 공포 분위기를 자아냈다.

"왜, 왜 그러세요……."

말로만 듣던 자릿세를 요구하는 건달들이었다.

가게 건물 계약할 당시를 제외하고는 상두가 가게 들른 적이 없었기 때문에 그들은 그의 존재를 알 수가 없었던 것이다.

박스파 린치 사건은 건달들 사이에서도 유명하기에 그의 가게라는 것을 알았다면 이들이 함부로 하지는 않았을 것이다.

"왜 그래? 몰라서 물어?"

그들의 위협에 그녀도 이제 두려움에 떨기 시작했다. 하지만 그래도 강단은 잃지 않았다.

"내가 왜 당신들에게 신고를 해야 하지요?"

어머니가 되묻자 두목은 의자를 들어 바닥에 내팽겨쳤다.

"이 아줌마가 미쳤나!!"

그의 외침과 함께 조직원들이 가게를 들어 엎기 시작했다.

"생각보다 잘됐어."

상두의 얼굴에 웃음기가 감돌았다. 오늘은 정말로 기분이 좋은 날이었다.

그는 호주산 육우를 값싸게 구할 수 있는 루트를 알게 된 것이다.

"발품을 판 효과가 있어."

대구의 수입업체를 뚫어서 낳은 결과이다.

사실 미국산 소고기가 단가도 싸고 맛있다. 하지만 광우병 파동 이후 이미지가 많이 나빠졌다. 사실상 미국산 소고기가 유해하다고 할 수는 없지만 조금이라도 말이 있을 수 있으니 할 수 없었다.

하지만 위험하기로 따지면 한우도 마찬가지이다. 외국에서는 사용하지 않는 항생제를 엄청나게 투여하는 것은 물론이요 2000년도 초반까지 골육사료를 먹인 것도 사실이었다. 그래도 한우를 선호하니 한우로 만들면 좋지만, 단가가 안 맞는다. 역시 결론은 호주산 소고기, 그중에서도 육우였다.

그는 어머니에게 전화를 하였다.

이 좋은 소식을 알려 드리기 싫기 때문이었다.

"어 이상하다⋯⋯."

신호는 가는데 전화를 받지 않고 계셨다.

"바쁘신가 보구나."

개업일이 얼마 남지 않았으니 정리하느라 전화를 받지 못하실 만큼 힘드실 것이다.

그는 콧노래를 부르며 식당으로 향했다. 재료 루트도 정해졌고, 이제 열심히 개업날만 기다리면 되는 것이다.

하지만 가게에 도착한 상두는 얼굴이 굳어졌다.

낯빛이 흙빛으로 변했다.

가게가 박살 나 있었다.

집기들이 다 박살 나 너부러져 있었다. 어머니도 바닥에 주저앉아 고개를 떨구고 있었다.

며칠이 지나면 오픈일이다.

준비로 한참 동안 바빴는데 누가 이렇게 망쳐 놓은 것일까. 상두는 주먹을 꼭 쥐고 부들부들 떨었다.

"누가 이랬어요⋯⋯."

"타이거파라는데⋯⋯. 내일까지 육백만 원을 해오지 않으면 이 자리에서 장사 못하게 만들 거라네⋯⋯. 옆 가게에 물어봤더니 자기네도 처음에 그 정도 상납을 했대⋯⋯."

뭐 이렇게 말도 안 되는 상황이 있단 말인가.

먹고살자고 하는 사람들에게 이렇게 가혹하게 하는 이유가 무엇일까. 하긴 그런 것들을 따진다면 조폭도 아닐 것이다.

"경찰에 신고했어요?"

"경찰에 신고하면 다시는 장사 못하게 만들어준대."

"그래도 하셔야죠."

"하기는 했지. 그런데 경찰도 귀찮아하더라고……."

어머니는 의자에 기대어 앉아 한숨을 내쉬었다. 경찰들이 열심히 일하는 것은 사실이었다. 하지만 워낙에 인원수가 적다보니 웬만한 사건에는 신경을 쓰지 못하는 것도 사실이다.

"한 고비 넘으면 또 한 고비……. 왜 이러니 정말……."

어머니는 한숨을 보였다. 눈물도 곧 흐를 것 같았다.

"어머니… 저 나갔다가 올게요."

"어디를 가려고 그러니!"

어머니가 상두의 팔을 잡았다.

아이가 많이 변했다. 철이 들어서 좋기도 하지만 성격이 많이 거칠어졌다. 또 주먹질을 할 것만 같았다.

어머니를 지키기 위해서인 것은 잘 알고 있다.

그녀도 그것은 잘 알고 있었다. 하지만 그렇게 거친 모습을 보였다가는 큰일이 날까봐 걱정이 된 것이다.

"어머니… 걱정마세요. 어머니가 걱정하는 일은 없어요."

상두는 어머니의 팔을 뿌리치고 밖으로 나갔다.

나간 상두는 이를 바득 갈았다.

"각다귀 같은 놈들……."

정말로 각다귀였다. 짐승의 피를 거머리처럼 들러붙어 빨아 먹는 해충.

그런 인종들을 모두 쓸어버려야 한다.

하지만…….

"쓸어버린다고 되는 일인가."

힘으로 한다고 되는 일일까?

지금까지는 운이 좋게 잘 해결되었다. 하지만 경찰이 개입하게 되면 오히려 상두가 덮어쓸 수도 있다.

그리고 지금까지는 잘 참았지만 살인이라도 저지른다면?

상두 이전에 카논은 철들고부터 정의를 위해서라지만 피를 묻히던 사람이다. 자꾸만 주먹을 행사한다면 또다시 그때의 살의를 느낄지도 모른다.

이 세계는 정의를 위해서라도 사람을 죽이면 벌을 받는 사회이다.

상두는 전화를 걸었다.

"안녕하세요, 회장님."

그가 전화를 건 곳은 박경파였다.

"타이거파의 위치를 알려주세요. 아니요. 회장님이 나서면 일이 커질 테니까요. 괜찮습니다. 네. 걱정하지 마십시오."

상두는 전화를 끊었다.

박경파는 많은 걱정을 하고 있었다. 만약 주먹질을 한다면 빌려준 돈을 회수할 것이고, 다시는 보지 않겠다고 으름장을 부렸다.

상두가 큰 사고를 칠까봐 걱정한 것이다.

대신에 본인이 나서서 처리한다고까지 했다. 하지만 박경파의 조직인 고대파가 나선다면 더 일이 커진다. 인동은 여러 조직이 나눠 관리를 하는 춘추전국이었는데 상두가 있는 쪽은 인동의 외각에 있어 군소조직이 관리하는 곳이다. 아무리 군소조직이지만 고대파가 나선다면 오히려 팽팽하게 균형을 유지하고 있는 인동의 균형이 깨질 것이다.

상두는 타이거파가 있다는 곳으로 향했다.

그가 향한 곳은 가게와는 그리 멀지가 않은 곳에 위치한 허름한 사무실이었다. 그래도 구미 삼대조직의 두 번째 손가락에 꼽히는 곳인데 너무도 건물이 후졌다.

"절대 폭력은 안 된다."

폭력만이 능사는 아니다.

상두는 큰 숨을 들이마셨다. 그리고 안으로 들어갔다.

조직원들과 두목이 함께 있었다. 그들은 노트북으로 포르노를 보면서 키득거리고 있었다.

"뭐야, 네놈은?"

노트북을 닫으며 그들은 상두를 노려보았다.

"당신들이 타이거파입니까?"

상두는 그들을 노려보았다. 막상 본인들을 보니 화가 치밀어 오르는 것이 사실이었다. 하지만 그는 화를 삭이려 노력했다.

"그런데 너는 뭐냐?"

그들의 외침에 상두는 주먹을 쥐고 부들부들 떨었다.

"너는 뭐냐니까."

조직원들이 상두에게 다가와 그의 따귀를 때리고, 머리를 살짝살짝 때렸다.

상두의 눈이 이글이글 불탔다. 그는 주먹을 너무 꽉 쥔 나머지 피가 흘러 내렸다. 아랫입술을 너무 꽉 나머지 그곳에서도 피가 났다.

"넌 뭐냐니까?"

두목의 말에 상두는 그대로 무릎을 꿇었다. 그러자 모두들 잠시 움찔했다.

"인동 길가에 장사집을 차렸습니다."

상두는 고개를 떨구었다. 그의 행동에 두목이 의아한 듯 다시 물었다.

"그래서?"

"오늘 당신들이 우리 가게에 찾아가 난동을 부렸다고 들었습니다. 제발 좀… 제발… 도와주십시오. 우리는 육백만 원이라는 돈이 너무 큰돈입니다. 다달이 오십만 원씩 나눠서 상납할 수 있게 도와주십시오……."

상두의 간곡한 부탁.

그는 눈물을 흘리고 있었다.

자존심이 상하는 눈물이다. 간곡하게 부탁하는 눈물이다.

그야말로 눈물의 호소였다. 하지만 조폭이다.

그들이 이런 간곡한 부탁을 들어줄 리가 없었다.

"내가 왜 그래야 되는데?"

두목이 그렇게 이죽거리며 조직원들에게 눈짓했다.

그러자 조폭들이 마구 그를 구타하기 시작했다. 상두는 꾹 참았다.

사실 맞아도 아프지는 않았다. 하지만 이렇게 맞고 있다는 것은 상두에게 자존심이 상하는 일이다. 그래도 참고 또 참아냈다.

그렇게 얼마나 구타가 이어졌을까?

상두가 꿋꿋이 무릎을 꿇고 있는 모습을 두목은 물끄러미 바라보았다.

"어린놈이 깡다구는 있네."

툭 던진 그의 말에 상두는 고개를 들었다. 멍투성이였다.

"이봐, 이렇게까지 하는 이유가 뭐지?"

"절박하니까요."

그는 상두의 눈을 바라보았다. 잠시 그의 눈을 멍하니 바라보는 두목이었다.

"돌아가."

두목의 말에 상두는 의아했다.

상납비의 문제가 해결이 안됐다. 그냥 돌아갈 수는 없었다.

절대로…….

"하지만… 상납금을 낼 돈이 없어요……. 우리는 그만큼 절박합니다. 절박하니까 이렇게 맞아가면서도 있는 거 아닙니까."

"안 받을 테니까 꺼져."

상두는 일어나지 않았다. 일어날 수가 없었다. 이대로 돌아가면 또다시 괴롭힘이 있을 것이다.

"보복하실 거잖아요."

"그딴 것도 없을 테니까 꺼져."

"하지만……."

"각서라도 써야 가겠냐? 재수없으니까 꺼져, 인마."

두목의 말에 상두는 부스스 일어났다. 목소리에 알 수 없는 상냥함이 깃들어져 있었다. 정말로 보복도 안할 것만 같은 느낌이 들었다.

의아했다.

그렇게 가게 기물까지 부숴가면서 겁을 주던 사람이 이제
상납비 안 받고 보복도 안 할 테니까 가라고 한다. 이상했다.
하지만 상두는 부스스 일어나 밖으로 나갔다.

더 있다가는 역효과가 날 것만 같았다.

"후우……."

상두가 나가자 두목은 깊은 한숨을 내쉬었다.

"뒤지는 줄 알았네. 형님 나오쇼."

그의 말에 커튼 뒤에 누군가가 나오고 있었다. 그는 박경파
였다.

"커튼 좀 빨아라. 냄새 난다."

"쓸데없는 소리 마쇼. 형님 말씀대로 저놈이 폭력을 행사
하지 않는다면 오히려 우리쪽에서 폭력을 행사하고 추이를
지켜봤습니다. 약속은 지키시는 겁니다."

"그래, 이 일대의 권리를 완전하게 인정해주마. 다시는 우
리 애들이 이 일대를 건드리는 일은 없을 거다."

"그런데 저놈이 째려볼 때 오줌 지리는 줄 알고 혼났
네……. 아니 새로 장사를 차리는 놈이 소문의 그놈일 줄 누
가 알겠습니까?'

상두는 잘 모르고 있었지만 일전에 고등학교 때 그가 벌였던 신생 조직 '박스파' 린치 사건으로 유명해져 있었다. 이 타이거파 보스 역시 그 사건을 잘 알고 있었고, 상두의 얼굴까지 기억하고 있었던 것이다.

"그런데 이렇게 하시는 이유가 뭡니까?"

타이거파 두목의 말에 박경파는 담배를 물고는 대답했다.

"저놈의 성장을 보고 싶었다. 주먹으로만 해결하려는 습성이 있어. 하지만 세상은 주먹만으로 되는 것이 아니니까. 참을 때는 참을 줄도 알아야 한다는 말이지."

"만약에 주먹으로 끝내려고 했으면 어떻게 하시려고 하셨던 겁니까?"

"밖에 대기하고 있던 강석이가 해결 했어야지. 뭐 그놈이 해결할 수 있을지는 모르겠지만······."

"무모하군요."

타이거파 두목은 어색하게 웃는다.

"무모하니까 이짓 하고 먹고 사는 거 아니겠는가."

"이렇게까지 도와주시는 이유는 저놈을 후계자라도 삼으실 요량이십니까?"

그의 질문에 박경파는 고개를 절레 흔들었다.

"저놈은 이 세계에 어울리지 않아. 우리 같이 썩은 영혼이 아니거든. 더 높은 세계로 날아오를 놈이야. 그래서 오늘 주먹질을 했다면 다시는 안 볼 셈이었어. 하지만 내 생각대로 참고 인내하는 모습을 보이니 기쁘구만."

타이거파의 두목은 이해가 되지 않는 듯 고개를 흔들었다. 조폭이 되서는 사람의 성장을 지켜보고 싶다니…… 그것도 후계자로 삼을 요량도 아닌데…….

'하긴 저 양반은 이 세계에서도 괴짜로 통하니까.'

그렇게 생각할 수밖에 없는 두목이었다.

"그런데 자네는 왜 상납금을 안 받기로 했나. 상두의 말대로 했다면 자네에게도 이익이 아닌가?"

"그깟 푼돈 받아서 뭐합니까. 돈은 목돈으로 받아야 되는 겁니다. 그래야 저축도 하죠. 이래봬도 통장 많은 남잡니다."

"그게 아닌 것 같은데?"

박경파의 물음에 그는 얼굴을 붉혔다.

"부끄럽지만… 옛날의 내 모습을 보는 것 같아서 말입니다……. 우습죠, 크큭……."

보스의 말에 박경파는 쓸쓸한 웃음을 지었다.

태어날 때부터 조폭은 없다. 어떠한 이유가 있던 간에 이 길로 들어선 이유가 다 있었다.

하지만 그런 일을 구구절절이 다 들을 수는 없었다. 그런 사연을 들어봤자 구차해질 뿐이다.

"난 그만 가겠다. 다른 파 사무실에 오래 있으면 보는 눈도 있으니 말이야. 하지만 다시금 상두를 건드리면 내가 가만히 있지 않을 거야."

"지금 농으로 하는 소리쇼? 내가 박스파 린치 사건의 주인공을 건드릴 무모한 놈으로 보이십니까?"

"무모한 게 조폭이라니까. 하하하!"

박경파는 호탕하게 웃고 밖으로 나갔다.

"진짜 이상한 영감이야……."

타이거파 두목은 의자에 기대어 앉으며 한숨과 같은 말을 내뱉었다.

"그러는 나도 이상한 놈인가?"

그는 그렇게 웃음 지었다.

*　　　　*　　　　*

상두는 식당 앞에 서서 식당 간판을 바라보았다.

선두 떡갈비&토스트.

어머니의 이름 뒷글자와 상두의 이름 뒷글자를 따서 정하였다.

의외로 어감이 좋아서 정해놓긴 했지만 특별한 점이 없어서 조금 후회하는 상두였다.

상호는 언제나 기억하기 쉽게 하기 위해 재밌거나 강렬한 것이 좋다.

하지만 상두는 뿌듯했다.

이 세계에 와서 제대로 해놓은 일 중에 하나이기 때문이다.

수능 만점도 있었지만 어떻게 보면 그것은 억지로 하는 것에 불과했다.

하지만 사업은 내 필요에 의해서 노력에 의해서 만들어진 것이니 뿌듯함의 크기는 달랐다.

오늘은 오픈 일이다.

화한이 몇 개 있었다.

고대파와 타이거파의 화환.

하지만 상두의 체면을 고려해 '파' 이름은 빼고 회사 이름만 적어 놓았다.

박경파의 고대파의 화환은 그렇다 쳐도, 타이거파에서 화환을 보낼 줄은 상두는 꿈에도 몰랐다.

또다시 괴롭힘이 시작 되는가 긴장도 됐지만 오픈 일에는 오지 않았다. 아무래도 약속은 지킬 모양이었다.

많은 손님들이 몰려왔다.

어머니가 그래도 토스트 장사를 하면서 알게 되었던 사람들이 많이들 찾아왔다.

물질적으로는 풍요롭게 지내지 못했지만 어머니의 사람 관계만은 풍요로웠던 것이다.

많은 사람들이 어머니의 토스트 단골인 것을 보면 알 수 있었다.

"여어~ 박상두 군."

박경파가 난을 들고 찾아왔다. 웬일인지 강석도 옆에 달고 있지 않고 혼자서 온 것이다.

"뭘 이런 걸 다. 그런데 위험하실 텐데 혼자서 오셨네요."

상두는 난을 받아 들고 인사했다.

"이곳은 분쟁지역이니 조직원들을 달고 올 수는 없잖은가. 그리 위험하지도 않아. 나를 건드리는 것은 우리 고대파 전체를 건드리는 것이니 함부로 못하지."

그렇게 이야기하는 동안 어머니가 옆으로 다가왔다.

"이분은……?"

그녀가 상두에게 물었다.

"이분이 박경파 회장님이세요."

"아, 그러니?"

어머니는 급하게 고개 숙어 인사했다.

"감사합니다. 덕분에 이렇게 가게도 차릴 수가 있었습니다. 정말 감사합니다."

박경파는 상두의 어머니를 한참을 멍하니 바라보더니 고개를 숙여 인사했다.

박경파의 얼굴이 약간 붉게 상기되는 것을 상두는 느낄 수가 있었다.

"어머니가 참 미인이시군."

박경파는 그렇게 말하고 테이블에 앉았다.

떡갈비 가게이지만 홀이 좀 큰 건물을 선택했다. 인테리어도 최소한의 돈을 들여서 세련되게 꾸몄다.

젊은이들의 취향을 고려한 것이다. 그렇다고 중장년층이 부담스러울 그런 인테리어는 아니었다.

손님들의 반응은 폭발적이었다.

고기의 입자가 균일하다보니 골고루 익어 씹는 맛이 더 좋았다.

게다가 부드러움을 더하기 위해 돼지고기를 섞었는데 돼지고기의 입자는 소고기보다 더 작게 다졌다.

그래야만 빨리 익힐수록 맛있는 소고기의 맛을 살리면서도 돼지고기도 제대로 익힐 수 있기 때문이다.

상두가 열심히 연구한 결과였다. 아마도 성공하기 위해 실패한 고기양이 돼지고기 소고기 각각 한 마리 정도일지도 모른다.

덕분에 손님들은 맛있다며 손가락을 치켜 올렸다. 음식 맛은 예상했던 대로 성공적이었다.

그렇게 오픈일은 바쁘게 지나갔다.

모두가 떠나고 정리를 모두 마친 상두와 어머니는 셔터 문을 내렸다.

어머니는 셔터를 내리고도 한참을 가게 간판을 바라보았다.

"이게… 우리 가게 맞는 거지?"

어머니는 오늘 그렇게 한바탕 손님을 치뤘는데도 믿어지지 않는 것 같았다. 언제나 춥고 더운 노점생활을 했으니 믿을 수 없을 것이다.

상두는 고개를 끄덕이며 대답했다.

"맞아요, 어머니. 우리 가게예요. 우리 가게……."

상두는 우리 가게라는 말에 가슴이 찡하게 울리는 것을 느낄 수가 있었다.

옆을 보니 어머니는 눈물 짓고 있었다. 상두는 아무런 말을 하지 않았다. 감격의 눈물일 테니까……. 그간 세월의 눈물일 테니…….

그리고 한 달 후…….

"뭐 이래."

상두는 파리채를 휘둘렀다.

"손님은 없고 파리만 있네."

전단지를 돌렸다. 매일 들어갈 수 있게 신문에 전단지를 끼어 넣었고, 거리마다 집집마다 전단지를 붙였다.

행사 도우미도 불렀다. 나레이터 모델들이 한바탕 시끄럽게 휩쓸었다.

시식행사도 했다. 먹을 때마다 사람들이 맛있다고들 했다. 그리고 여러 가지 경영에서 말하는 것들을 모두 다 실행했다.

교과서적으로 모두……

하지만 결과는 하루에 열 팀을 받을까 말까이다. 이대로는 절대로 현상유지가 되지 않는다. 개업하고 남아 있는 돈으로는 몇 달 못 버틸 것이다.

상두는 테이블에 앉아 떡갈비를 맛보았다.

"분명히 맛있는데……"

숯 향도 은은하게 배어 있고, 고기의 육즙도 달콤하다.

분명히 맛이 있었는데 팔리지가 않았다. 어머니도 주방에서 걱정이 늘어졌다.

떡갈비의 양념을 맡았으니 맛이 없는 것이 본인의 탓만 같았다.

상두는 가게 밖으로 잠시만 나갔다. 답답해서 식당에 앉아 잇을 수가 없었다.

"후우……"

한숨이 절로 나왔다.

안에서 한숨을 내쉬면 어머니가 걱정할 것 같아 나와서 쉴 수밖에 없었다.

"왜 장사가 안 되지……."

도대체 이유를 알 수가 없었다. 홍보에 필요한 것은 다 했다. 더 이상 할 것도 없었다.

가격도 저렴하고 맛도 있다. 기본적인 것은 이미 갖춘 것이 아닌가. 하지만 장사가 되지 않는다니…….

그렇게 한숨을 내쉬며 걱정하는 동안 식당 안으로 노신사가 들어간다. 상두는 손님인 것을 확인하고 빠르게 안으로 들어갔다.

"어서 오십시오."

그는 빠르게 물을 가져갔다.

"손님이 없는 이유를 알겠군. 이렇게 서빙이 굼뜨니……."

상두는 잠시 울컥했다.

장사도 안 되는데 엄한 트집을 잡는다고 생각한 것이다. 원래 상두는 이렇게 느리게 서빙한 적이 없었다.

"떡갈비 토스트 하나 주게."

상두는 안으로 들어섰다.

그리고 정성스럽게 떡갈비를 구웠다. 괜한 트집을 잡는 손님에 제대로 된 음식을 내놓기 위해서였다.

"떡갈비 토스트 나왔습니다."

상두가 음식을 내밀자 그는 흠하는 소리와 함께 음식을 바라보았다. 하지만 아무런 말이 없었다. 음식 자체는 흠잡을 곳이 없는 게 사실이었다.

그는 떡갈비를 맛보았다.

상두는 그 노신사를 긴장되는 표정으로 바라보았다. 무슨 면접심사를 받는 느낌이었다.

"맛이 있군."

그의 한마디 탄성에 상두는 가슴을 쓸어내렸다.

'아…….. 내가 왜 이러지…….'

상두는 손님의 말에 너무 휘둘리는 자신의 모습이 너무도 기분이 나빴다.

"육즙도 확실하고, 양념 맛도 확실히 좋군. 그런데도 손님이 휑한 이유는…… "

상두는 그의 평가에 기분이 나빴다. 마치 프렌차이즈 감사가 온 것 같은 느낌이었다. 하지만 웃는 인상으로 바라보았다.

"숯불에도 굽는 것 같고… 이 정도인데도 장사가 안 되는 건… 역시 가격이야."

노신사의 평가에 상두는 의아했다. 단가를 낮춰서 많이 팔면 더 이익이 아닌가?

"의아한 모양이군. 소고기는 아무리 육우라고 해도 고급이라는 이미지가 있어. 그런데 이렇게 낮은 가격이면 의심부터 하게 되지."

"하지만 비싸면 많이 안 팔릴 것 아닙니까."

"하나만 묻지. 자네 음식에 자신이 없는가?"

노신사의 물음에 상두는 입을 닫았다.

그 역시 음식맛에 자신이 있었다. 어머니의 양념은 최상이었고, 고기의 다짐 역시 최고였다.

"구미에 출장 왔던 지인이 이곳 떡갈비가 맛있다고 한번 먹어보라고 하더군요. 이거 받게."

D&D 프렌차이즈 대표 민응식.

그것이 명함에 박혀 있는 것이었다. 상두는 놀라고 말았다.

D&D 프렌차이즈라면 분명 체인점 업계의 신화로 통하는 회사였다.

"명함대로네. 난 프렌차이즈 사업을 하고 있어. 이 떡갈비를 체인화하고 싶네. 생각 있으면 연락 주게."

그의 말에 상두는 눈을 크게 떴다.

업계의 신화와 같은 존재가 그에게 이른바 동업을 제의한 것이다. 하지만 믿을 수가 없었다.

그런 사람이 중소도시의 이제 막 개업한 곳에 올 리가 있겠는가.

"못 믿겠다는 표정이군. 하지만 내 말대로 가격을 올려서 팔아보게. 그래서 매출이 오르면 그때 나에게 전화해봐. 내 입장에서도 내가 제시해준 대로 했는데도 장사가 안 되는 음식이라면 프렌차이즈를 할 이유가 없지."

그는 그렇게 말하고 떡갈비값을 내려놓고 떠났다.

상두는 이내 컴퓨터를 켜서 민웅식 대표에 대해서 알아보았다.

일단 사진을 찾아보니 확실히 그 노신사가 분명했다.

"거짓말은 아니로군."

거짓말이 아니라는 것은 그의 말대로 하면 어느 정도 수익도 보장될 수 있다는 말이었다. 속는 셈 치고 그의 말대로 해보기로 했다.

다음 날.

상두는 민웅식 대표가 말한 대로 가격을 인상했다.

고급화를 꾀하겠다는 낯 간지러운 현수막도 내걸었다. 그에 맞게 숯도 바꾸고 육우에서 일반 소고기로 바꾸었다. 덕분에 매출은 크게 올랐다.

"흠……."

역시나 사업에 있어 학문은 도움이 될 수는 있지만 완전한 매뉴얼은 될 수가 없었다.

  상두는 일단 며칠 추이를 더 지켜보고 프렌차이즈를 결정하기로 했다.

CHAPTER **08**
아버지……

그야말로 대박.

연일 문전성시.

상두의 가게는 폭발적으로 인기를 구가하고 있었다.

그저 가격만 올렸을 뿐인데 엄청난 호응도였다. 점심시간
과 퇴근시간에는 줄을 서서 사가는 진풍경도 자아냈다.

구미에서 이런 일은 거의 없다고 봐도 과언이 아니다. 이
정도면 대박의 수준을 뛰어 넘은 것이다.

덕분에 모자 둘이서만 서빙하기에도 부족해서 종업원을
한명 더 구하였다.

재료는 연일 동이 났다.

상두는 여기에 더 아이디어를 추가해 한정판매라는 개념을 도입했다. 물론 부족한 재료 덕분이었지만 이것이 가격을 올린 것과 시너지 효과를 자아내 더한 호응도가 있었다.

상두는 이제야 이해할 수가 있었다.

이 전략은 명품의 가격을 비싸게 하는 것과 비슷한 전략이었다.

한국 사람들은 가격이 비싸면 무언가 이유가 있다고 믿는다. 그래서 명품의 가격도 다른 나라에 비해서 한국이 더 비싸니 말 다했다.

"어머니, 우리 가게 인터넷에서까지 떴어요."

가게를 마치고 잠시 매출을 확인하는 동안 인터넷을 했던 것이다. 연두식당으로 검색해보니 블로그에 꽤나 많은 의견들이 올라와 있었다.

칭찬일색이다.

가격대가 비싸다는 말들도 있었지만 맛으로 커버한다는 의견들이 대부분이었다.

상두와 어머니는 컴퓨터 모니터를 보고 큰 웃음을 보였다. 이 정도 반응이라면 입소문은 더욱더 퍼질 것이다.

"이 정도면 금방 건물 사는 거 아니야?"

상두는 즐겁게 웃음 지었다.

통장에 돈이 차곡차곡 쌓이고 있었다. 이 어찌 즐겁지 않을 수 있겠는가.

상두는 이렇게 즐거웠던 적이 없었다.

대륙에서 마스터의 지위에 올랐을 때에도 이렇게 즐겁지 않았다. 그저 의무감과 사명감으로 버텨온 세월이었다. 하지만 지금은 자신을 위해서 일하는 것이 얼마나 즐거운 것인지 배워가고 있었다.

모두가 D&D의 대표의 조언 때문이었다.

그의 조언이 없었다면 이런 매출은 그저 꿈에 불과했을 것이다. 상두는 그에게 전화를 걸었다.

이제 그들과 함께할 이유가 생겼다. 이 정도 코멘트로도 대박을 쳤다.

간단한 이치지만 잘 되지 않는 이유의 맥을 짚었다. 정식으로 계약하면 더 좋은 일들이 일어날 것이다.

"계약하겠습니다."

그리고 상두는 프렌차이즈 계약을 승낙했다.

*　　　*　　　*

상두의 가게는 확장 이전을 했다.

도저히 그 가게 크기로는 밀려드는 손님들을 모두 감당할 수 없었던 것이다.

떡갈비 토스트 외에도 떡갈비 정식도 추가했다. 덕분에 판매되는 양은 더 많아지고, 종업원들의 숫자는 5명으로 늘었다.

프렌차이즈의 숫자도 천천히 오르고 있다고 소식이 전해졌다.

커미션으로 떨어지는 돈이 점점 늘어나고 있었다.

덕분에 영업시작 전에 다지던 떡갈비를 이제는 오전 오후 두 번으로 나누어 다지기 시작했다.

상두는 지금 소고기를 다지고 있었다. 엄청나게 정교한 칼놀림이었다. 저 칼놀림 덕분에 고기의 맛이 균일한 것이다.

처음에 프렌차이즈 공장에서 이 다짐을 재현하기 위해 힘들었던 것도 사실이었다. 하지만 이제 그의 다짐의 50퍼센트 정도는 재현했다. 그래도 맛이 있어서 체인점들에게 반응이 좋았다.

상두는 눈을 감고 숨을 들이마셨다.

"합!"

눈을 뜬 그는 빠르게 칼질을 시작했다. 오래 다지지도 않았다.

그저 기계처럼 빠르게 손을 움직인 것이 전부였다.

하지만 그것이 전부는 아니었다. 그의 근육이 그만큼 제대로 잘 발달되어 균일한 입자를 만들 수 있었다.

뿐만이 아니다. 다른 이에게는 보이지 않고 상두의 눈에만 보이는 칼끝의 푸르스름한 에너지. 이것이 고기의 세포를 분자 단위로 자르게 만들어 고기의 질을 떨어뜨리지 않는다.

이것이 바로 선두 떡갈비의 경쟁력이다.

아무것도 아닌 작업이라고 생각하지만 이때에 떡갈비의 식감이 정해진다고 해도 과언이 아니다.

"사장님 손님 오셨는데요?"

떡갈비의 고기를 다지는 상두에게 종업원이 다가와 말했다.

"손님?"

"대학 동기라고 하시던데요?"

종업원의 말에 상두는 대충 뒷정리를 하고 홀에 나갔다. 진철인가 싶었다.

"이야~! 박상두."

하지만 상두의 인상이 굳어졌다.

그는 이동민이었다.

상두와 친분이 있었던 것도 아니었다. 아니 악연이라면 악연이다. 수민과의 일로도 얽혀 있었고, 철진의 도박사건에도 연루되어 서로 그다지 좋은 인상을 가지지는 않았다.

"무슨 일로?"

상두는 기분이 나쁜 듯 단답형으로 물었다.

"아아……. 동기가 사업으로 성공했다는데 한번쯤 와서 격려는 해야지."

그는 싱글벙글 웃고 있었다.

하지만 그 웃음 뒤에 무언가 감추고 있는 것 같아 상두는 기분이 나빴다. 무엇인가 흠집 낼 거리를 찾는 눈빛이었다.

"떡갈비도 아주 맛있는데? 성공할 만한 맛이야."

"다 먹었으면 어서 나갔으면 좋겠다. 저기 줄 서 있는 거 보이지?"

상두는 그렇게 퉁명스럽게 말하고 다시 고기를 다지기 위해 조리실로 향했다. 그의 모습이 사라지자 동민의 인상이 달라졌다.

"빌어먹을 놈."

웃음기도 사라지고 비열한 모습이 드러났다.

그에게 두 번이나 물을 먹인 '놈'이 이렇게 잘되고 있으니 배가 아픈 것도 사실이었다.

"그래……. 이렇게 성공해줘야지. 내가 부서뜨릴 때 기분도 좋지."

그는 자리에서 일어났다.

이제 상두의 성공을 눈으로 확인했으니 배는 아프지만 그의 목적은 달성한 셈이다.

"도련님."

밖으로 나오자 그의 비서(?)로 보이는 사람이 다가왔다.

"그래, 알아봤나?"

동민의 물음에 그는 안경을 치켜 올리고 대답했다.

"어머니와 상두씨에게는 빚이 없습니다. 어머니가 일수와 몇 개의 빚이 있었지만 사업이 어느 정도 안정됨에 따라 모두 갚았다고 합니다."

"흠……. 그렇군."

동민은 사실 그들의 빚으로 압박해 보려고 했으나 빚이 없다니 난감하기도 했다. 그가 지금 취할 수 있는 방법은 돈으로의 압박이기에…….

"하지만 아버지 쪽이 문제가 좀 있군요."

동민의 얼굴에 다시 화색이 돌았다. 상두의 아버지 쪽이라…….

"지금은 실종 상태인데 최근에 빚을 십수 억을 지었더군요. 빚보증이 문제가 되었나 봅니다. 가족들에게도 채권추심이 가고 있기는 하지만 본인과 함께 살고 있지 않아도 문제가 있나 봅니다. 지금은 노숙자 생활을 하고 있어서 주민등록이 말소된 상태입니다."

상두의 아버지…….

십수 년 전에 여자문제로 집을 나간 상태였다. 집을 나간

이후 빚보증을 하고 더 망한 모양이었다.

"그렇다면 그를 찾아내."

"찾아낸다고 뭐가 있겠습니까?"

"아무리 여자문제 때문에 집을 나갔다고는 하지만 가족은 가족이야. 받아들이겠지. 그리고 그의 빚에 관한 채권은 모두 구입해 놓으세요."

그의 명령에 비서는 고개를 끄덕였다.

"박상두… 부숴버리겠다."

그는 이글이글거리는 눈빛으로 상두의 가게를 바라보았다.

휘몰아쳤다.

매출의 태풍이 휘몰아쳤다. 통장에 차곡차곡 쌓여가는 덕분에 기분이 좋은 것이 사실이다. 하지만 두 사람은 힘든 것도 사실이었다. 상두는 정신적으로, 어머니는 육체적으로 많이 힘들어졌다.

몇 달 간 쉬는 날도 없이 계속해서 가게를 열었다. 조금의 쉼이 필요한 시기가 도래했다.

조금 한가한 시간.

박경파가 가게에 들렀다.

"아, 회장님."

"이거, 이거… 오늘은 왜 횅한가?"

"잠깐 한가한 시간입니다."

박경파는 너스레를 떨며 사들고 온 음료수를 탁자 위에 올려놓았다.

"그래, 많이 힘든가?"

그는 본인이 사온 음료수의 캔을 따서 상두에게 내밀었다. 그는 그것을 시원하게 받아 마시고 대답했다.

"재미는 있는데 정신적으로 많이 지치네요."

"당연하지. 아무리 돈 버는 재미가 있다고 해도 사람은 조금씩 쉬어야 해. 기계도 너무 많이 돌리면 금방 고장 나."

"저도 고장 날 것 같기는 하네요."

상두의 말에 박경파는 '훗' 하고 웃고는 무언가를 꺼냈다.

"이게 뭔가요?"

"푸켓 항공권."

"푸켓 항공권이요?"

상두는 의아했다. 이것을 왜 자신에게 주는지 알 수가 없었다. 기십만 원 하는 것도 아닌데 말이다.

"딸아이가 푸켓에 가고 싶다고 해서 말이야. 근래에 연휴도 끼고 했잖는가. 우리 티켓을 사면서 자네 식구들 것도 끊었지. 종업원들도 이제 좀 있고, 며칠은 비울 수 있지 않을까 싶어서 말이야."

상두는 조금 부담스러운 것도 사실이었다. 하지만 준 것을 거절하는 것도 예의는 아닌 것 같았다.

"회장님?"

상두는 문득 박경파를 불렀다. 그의 생각은 콩밭에 있었다. 그는 계속해서 조리실에 있는 상두의 어머니를 힐끔힐끔 쳐다보았다.

"그래 나는 볼일 다 봤으니 이제 가보겠네."

그는 부끄러운 듯 얼굴을 붉히며 항공권을 내려놓고 가게를 빠져 나갔다.

"저 양반이 우리 어머니께 흑심을?"

상두는 괜한 의심이 갔다. 하지만 이내 휴가에 관한 생각이 머릿속을 점령했다.

"푸켓이라……."

굉장히 휴양지로 유명한 곳.

며칠간 쉬는 것도 나쁘지 않을 것 같았다.

상두는 갑자기 기분이 좋아졌다. 어디론가 여행을 떠나는 것이 기분 나쁜 사람이 어디 있겠는가. 박경파의 속셈은 뻔히 보였지만 그래도 어느 정도 쉬고 돌아오는 것도 나쁘지 않을 것이다.

*   *   *

상두는 비행기에 기대 앉아 있었다. 기내에서 제공하는 영화를 시청하는데 그리 편하지는 않았다.

"좌석이……."

상두는 수민과 타고 있었고, 어머니는 박경파와 타고 있었다. 티켓을 줄 때부터 좌석 배치가 이러했다. 아무래도 박경파의 계략이었던 것이다. 그는 상두의 어머니에 확실히 반한 것이었다.

수민의 얼굴은 좋지 않았다.

입술이 계속 부어 있었다. 그녀 역시 상두에게 관심이 있었고, 상두도 어느 정도 호감이 생기기 시작한 시점이다. 그런데 아버지가 상두의 어머니에게 관심을 가지기 시작했다. 수민으로서는 짜증나는 상황이 아닐 수 없었다.

"아빠 바보."

그녀는 조용히 읊조렸다. 상두는 고개를 절레 흔들었다.

오랜 비행시간을 거쳐 푸켓에 도착했다.

호텔까지 가는 길에 상두가 들고 있는 어머니의 짐을 그가 대신 들어 주었다. 상두는 다시 그가 가져오려고 했지만 그가 상두를 슬쩍 째려보아 할 수가 없었다.

호텔에 도착했다.

방은 최고급 룸이었다. 방도 꽤 있었다. 박경파는 아주 좋은 방을 마련해준 것이다. 고마울 따름이다. 하지만 고마워할 수가 없었다.

　"우리 짐은 여기에다 풀어 놓겠네."

　박경파와 함께 룸을 쓰게 된 것이다.

　"회장님, 저희와 함께라면 불편하지 않으세요?"

　상두는 넌지시 물었다. 하지만 그는 고개를 절레 흔들었다.

　"여행은 같이 와야 더 재밌지."

　눈치가 없는 것인지 아니면 아예 눈치를 안 보려고 작정한 것인지…….

　상두는 한숨을 내쉬었다.

　쉬려고 여행을 왔는데 알고 봤더니 박경파의 사심을 채우기 위함이었다.

　상두는 경계했다.

　아무리 도움을 준 박경파고, 인품도 썩 나쁘지 않지만, 그렇다고 조폭과 어머니의 교제는 고개를 갸웃거리게 만들었다. 게다가 그 역시 수민에게 마음이 조금씩 가고 있는 것도 사실이었다.

　"김 여사님. 우리는 저녁을 먹으러 한번 가볼까요?"

　박경파의 말에 어머니는 의아했다.

"아이들은 어쩌고요."

"젊은 애들은 알아서 놀 겁니다."

박경파의 말에 수민은 황당한 듯 그를 노려보았다.

"아빠, 정말 그러기야?"

"후후, 상두 군. 수민을 부탁하네."

박경파는 그렇게 말하고 상두의 어머니를 이끌고 밖으로
나갔다. 상두는 인상을 찌푸렸다. 뭔가 좋지 않게 흐르고 있
었다.

"이대로는 안 되겠는데……."

상두의 읊조림에 수민이 고개를 끄덕였다.

"어떻게든 내일은 같이 있게 만들면 안 돼."

수민의 눈빛이 이글이글 불타올랐다.

다음 날 상두와 수민은 아침 일찍부터 일어났다. 박경파와
상두 어머니와 함께 행동을 하기 위해서였다.

하나…….

"없어, 분명히 어젯밤에는 같이 있었는데……."

수민의 얼굴이 일그러졌다.

올 상이었다.

두 사람은 이미 먼저 밖으로 나가고 없었다. 나이가 들수
록 새벽잠이 없고 일찍 일어난다. 그 점을 그들이 간과한 것

이었다.

"일단 밖으로 나가보자."

두 사람은 밖으로 나갔다.

상두와 수민은 여행을 할 목적을 전혀 상실하였다.

아침 일찍부터 밥도 먹지 못하고 두 사람을 찾아 나섰다. 여기저기 수소문한 끝에 두 사람이 요트를 타고 바다낚시에 나갔다는 이야기를 들었다.

"우리도 가자."

수민의 말에 상두는 고개를 절레 흔들었다.

"어떻게 가려고? 배를 빌리려면 돈이 꽤 들 텐데."

"보트는 싸잖아. 그것도 배는 배니까."

수민은 상두의 손을 잡고 이끌었다. 상두는 고개를 절레 흔들 수밖에 없었다.

그들은 작은 보트를 빌렸다.

보트도 면허가 없으면 움직이지 못한다. 상두는 안 된다고 했지만 수민이 웃돈을 얹어 주면서까지 배를 빌렸다.

"위험한데……."

이 배로는 인근해 밖에 나가지 못한다. 게다가 오늘 큰 비가 올 거라는 예보까지 있었다. 하지만 수민은 막무가내였다. 보트에 올랐다.

"배는 몰 줄 알아?"

그녀는 고개를 절레 흔들었다. 분명히 보트 대여하는 곳에서 설명을 해주었다. 상두는 그것을 기억하고 있었다. 역시 기억력 하나만은 월등했다.

그들은 보트를 몰고 인근해를 돌아다녔다. 하지만 인근해를 돈다고 해서 찾을 수 있는 것은 아니었다.

"돌아가자."

상두의 말에 그는 고개를 가로저었다.

"더 멀리 한번 가보자."

상두는 한숨을 내쉬며 보트를 몰았다.

"심상치가 않은데……."

하늘을 바라보니 검은 구름이 몰려오고 있었다. 이대로는 안 된다. 돌아가야 한다.

"이제 돌아가자. 날씨도 안 좋아서 벌써 돌아가셨을지도 몰라."

상두의 말에 수민은 고개를 끄덕였다. 그녀가 느끼기에도 지금 기상 상황은 그리 좋지가 않았던 것이다.

하지만 늦었다.

그들이 배를 제대로 돌리기도 전에 갑자기 폭우가 쏟아져 내렸다.

"제기랄……!"

상두는 빠르게 배를 몰았다. 하지만 높아지는 파도에는 역

부족이었다. 그렇게 바다와 힘들게 사투한 의미도 없이…….

보트는 그렇게 뒤집어졌다.

*　　　*　　　*

쏴아…….

쏴아아…….

쏴아아아…….

파도가 넘실넘실 밀려와 야자수가 드문드문 있는 백사장 위에서 더 하얗게 부서진다.

백사장으로 작은 게들이 지나다니다 장애물을 만나 피한다.

장애물은 쓰러져 있는 상두였다.

"으윽…….'

상두는 정신이 들었다.

"우욱!"

깨어나자마자 바닷물을 많이 마셨는지 모조리 토해냈다.

"여기는…….'

상두는 어안이 벙벙했다.

머리를 부여잡고 조금 흔들었다. 아직 눈의 초점도 맞지 않고 어지러운 탓이다.

"도대체 무슨 일이……."

보트를 타고 항해하다 난파된 것까지는 기억이 났다. 그 이후에 정신을 잃고 이렇게 섬까지 밀려온 것 같았다.

"수민이는……!"

그는 깨어나자마자 수민이 걱정이 되었다.

큰 변을 당한 것은 아닌지…….

"나쁜 생각 말자! 어딘가 살아 있을 거야."

그는 해변을 샅샅이 뒤졌다.

상두가 해류에 떠밀려 왔다면 분명 수민도 같이 밀려왔을 것이다. 그리고 수민의 행방을 탐색하면서 이곳이 무인도인지 사람이 사는 곳인지 알아봐야 했다.

두 시간 가량을 돌았다.

인간은 물론이거니와 문명의 흔적조차 찾을 수가 없었다. 하지만 가장 중요한 사람은 찾을 수 있었다.

"수민아!"

저 멀리서 쓰러져 있는 수민을 발견할 수가 있었다.

상두는 미친 듯이 그녀에게로 뛰어갔다.

"수민아!"

그녀는 숨을 쉬지 않았다. 맥박도 약했다. 이대로 두면 죽을 것 같았다.

"안 돼! 안 된다고!"

상두는 그녀에게 인공호흡을 시작했다.

입술과 입술을 맞대고 숨을 불어 내고 가슴을 압박했다.

그러기를 수여 분.

"쿨럭……!"

그녀는 먹은 물을 토해내고 숨을 쉬었다.

"수민아! 수민아!"

상두는 그녀가 깨어난 것이 기뻤는지 그녀를 끌어안았다. 이런 곳에서 그녀를 잃는다면 평생 죄책감을 가지고 살아야 했을 것이다.

"다행이다… 다행이야……."

수민은 아직 정신이 들지 않은 듯 멍하니 있을 뿐이었다.

그렇게 몇 시간이 지나고 밤이 찾아왔다.

하지만 상두는 밤이 올 때까지 쉬고 있지만은 않았다.

그는 능숙하게 해변의 근처의 수풀에서 얻은 나무와 야자수 잎으로 움막을 지었다. 바닷가에서 작살을 만들어 고기도 몇 마리 잡아왔다.

정신을 되찾은 수민은 그런 상두의 모습을 보면서 흐뭇한 웃음을 보였다. 저런 남자라면 평생을 맡겨도 든든할 것 같은 생각이 들었다.

이제 움집 앞에서 모닥불을 피어 놓은 상두였다.

"이런 걸 어떻게 다 아는 거야?"

"경험이지."

"경험은 무슨······."

수민은 그렇게 말하고 무릎을 끌어안았다.

"우리 괜찮을까?"

그녀의 물음에 상두는 대답하지 않고 잡은 물고기를 손질했다. 그는 지금 고기를 손질하는 것에 몰두했다. 그래서 대답을 하지 못했다. 한 가지에만 몰두하는 이것은 장점이자 단점이었다.

고기손질을 다 마친 상두에게 수민이 물었다.

"도대체 그런 것들은 어디서 다 배운 거야?"

"인터넷에서."

상두가 무뚝뚝하게 대답하자 수민은 콧방귀를 뀌었다.

"치······."

수민은 그래도 웃음을 보였다. 자신을 위해 이렇게 모든 것을 준비한 상두의 마음이 전해져 왔다.

간단히 식사를 했다.

바다에서 갓 잡은 물고기를 모닥불에 구워 먹으니 바닷물이 간간히 배어 맛이 꽤 있었다.

"호텔에서 먹던 것보다 더 맛있어."

수민의 입에도 잘 맞는 것 같았다.

"그래도 호텔이 더 편하지."

상두는 물고기 뼈다귀를 해변에 던졌다.

호텔에서 쉬고 있을 시간에 이렇게 고생하니 기분이 좋지만은 않았다.

"오늘은 일단 쉬어. 움막에 들어가서 자면 될 거야. 이런 해변은 밤에 꽤 추우니까."

"밖에서 자게?"

"남녀가 한 방에 잘 수 없잖아."

"피…… . 무슨 생각을 하는 거야."

수민의 말에 상두는 얼굴이 붉어졌다. 너무 앞서간 상두였다.

"어쨌든 밤이 늦었어. 들어가 자도록 해."

"조금만 더 이렇게 있다가…… ."

상두의 말에도 그녀는 그의 어깨에 머리를 기댔다.

조난당한 상태지만 그녀에게서 가는 향기는 무척이나 좋았다. 그 향기에 상두의 가슴이 두근거렸다. 그는 향기를 만끽하며 눈을 감았다.

"상두야."

그녀는 상두를 나지막하게 불렀다.

무심코 그녀를 돌아보자 입술과 입술이 마주쳤다. 촉촉한 감촉이 입술에 전해지자 상두는 정신이 혼미해졌다.

그저 가벼운 입맞춤.

입맞춤이 끝나자 그녀의 얼굴이 붉어졌다. 무인도에 단 둘만 있다는 생각에 용기가 난 것이다.

상두의 얼굴도 붉어졌다. 하지만 이대로 끝내고 싶지는 않았다.

"읍……!"

상두가 다가와 입맞춤했다. 왜인지 몰랐다. 요즘 들어 수민이 신경 쓰이는 것이 사실이었다. 게다가 사업을 핑계로 오랫동안 보지 못한 것도 사실이다. 처음에 공항에서 다시 봤을 때 상두도 무척이나 반가웠다.

진한 키스.

한 번도 제대로 해 본 적이 없는 거친 키스.

수민은 그의 가슴을 주먹을 쳤지만 이윽고 싫지는 않은 듯 가만히 키스를 받아주었다. 그렇게 진하고 달콤한 키스가 이어졌다.

상두는 이성을 잃을 것만 같았다.

아무도 없는 무인도.

그곳에서의 마음에 있는 이성과의 달콤한 키스…….

남자라면 이성을 잃는 것은 어쩌면 당연한 것이다. 상대도 받아 주었다. 더한 진도로 이어져도 괜찮을지도 모른다.

상두는 그녀를 놓아주었다.

어쩌면 이런 기회가 더 없을지도 모른다. 하지만 그는 과감히 포기했다. 아무래도 박경파와 어머니의 일이 걸리는 그였다.

하지만 그녀는 상두의 마음을 다르게 받아 들였다. 키스를 받아주었을 때 남자는 여자가 모든 것을 허락했다고 생각한다. 하지만 여자는 생각이 다르다. 그저 그 키스만 즐기는 것이다.

수민도 생각이 다르지 않다. 이이상 진행하지 않고 자신을 지켜준 상두에게 너무도 고마운 수민이었다.

"나… 네가 좋아."

수민의 고백.

상두는 잠시 침묵했다.

어떻게 대답해야 하나 고민하고 있었다. 이미 여러번 관심의 표시를 했던 수민이었다. 오늘마저도 모른척한다면 그녀는 상처를 받을 것이다.

하지만 상두는 자신의 마음을 잘 몰랐다. 수민에게 관심이 없는 것은 아니었다. 하지만 연애 감정에 익숙하지 않은 그였기에 복잡한 것이 사실이었다. 하지만 지금은 마음이 가는 대로 말하고 싶었다.

"나도."

긍정의 대답…….

수민의 얼굴에서 환한 웃음꽃이 피어났다.

"들어가서 자. 내일은 이곳이 무인도인지 탐색해야 해. 어쩌면 요트가 무사할지도 모르고."

상두의 말에 그녀는 고개를 끄덕이긴 했지만 다시 그의 어깨에 기대었다. 그의 옆에 있고 싶었던 것이다. 하지만 이윽고 아이처럼 새근새근 소리를 내며 그녀는 잠이 들고 말았다.

"후우……. 말 진짜 안 듣는다……."

그는 그녀를 번쩍 들어 안고는 움막으로 들어갔다. 그녀를 누인 후 그는 움막 밖으로 나와서 야자수에 기대어 앉았다.

"후우……. 내가 잘하고 있는 건가……?"

상두는 별똥별이 떨어지는 하늘을 보며 천천히 잠들었다. 오늘도 역시 피곤한 하루다. 쉬려고 여행을 왔는데 또 피곤하다.

다음 날 두 사람은 섬을 탐색하기 시작했다.

여기저기를 탐색한 결과…….

"예상했지만 무인도네……."

상두는 무인도라는 것을 확실히 확인하고 적잖게 실망했다. 게다가 섬의 규모도 그리 크지 않아 어쩌면 지도에도 나오지 않을 수도 있었다. 그렇다면 구조하는 데에도 많은 시간이 걸릴지도 모른다.

벌려 놓은 일들이 생각났다.

"저기 보트!"

수민이 요트를 발견했다.

보트의 상태가 파손도 없이 양호했다. 요트를 이용하면 이 섬을 빠져나갈 수 있을 것이다.

"이거 왜 이러지⋯⋯."

하지만 요트에 오르자 상황이 달라졌다. 상두가 시동을 걸어보려 했지만 걸리지 않는 것이었다.

"뭐가 문제지⋯⋯?"

상두는 보트에서 훌쩍 뛰어내렸다.

연료가 들어 있는 부분이 깨져서 연료가 모두 빠져 나와 있었다.

괜한 기대였다.

보트는 움직일 수 없게 파손되었다. 물론 그의 힘으로 노를 저어서 나간다면 빠져 나갈 수도 있었다. 하지만 해도도 없고 나침반도 없는 상태에서의 항해는 오히려 위험하다.

"저거 비싸겠지⋯⋯?"

수민의 물음에 상두는 고개를 끄덕였다.

꽤나 비쌀 거다.

수민은 인상을 찌푸렸다. 하지만 이내 웃음을 보였다.

"이게 다 아빠 때문이니까 아빠한테 물어내라고 하면 돼."

"일단 돌아가자. 봉화를 만들어야 겠어."

상두의 말에 그녀는 고개를 끄덕였다.

두 사람은 다시 움집이 있는 해변으로 돌아와 봉화를 만들었다. 마르지 않은 가지들을 넣어 연기를 내뿜게 만드는 것이었다.

연기가 하늘 높이 올라갔다. 그러나 하늘이 너무 맑아 이 연기가 제대로 보일지 미지수였다.

"누구든지 찾겠지?"

수민의 물음.

하룻밤이 지나니 그녀도 서서히 불안감이 드는 것 같았다.

"아마도. 육지에서 멀리 떨어지지 않은 곳이라 누구든 금방 찾을 거야."

상두는 모래사장에 아무렇게나 주저앉았다.

"덥다……. 근데 돌아가면 어제 일을 잊을 거야?"

수민의 물음에 상두는 한참을 생각했다.

어젯밤의 진한 키스…….

상두에게는 실수일수도 있다. 하지만 수민에게 실수라고 하면 화를 낼 것이 분명했다. 그녀가 화를 내는 것을 걱정하는 상두는 아니었다. 그녀가 상처를 입는 것이 그는 싫었다.

"아니……. 잊지 않을 거야."

"그럼?"

"계속 생각할거야."

수민의 얼굴에 화색이 돌았다. 어젯밤의 일이 감정으로 빚어진 실수가 아니라는 것에 감격한 모양이었다.

그러던 중에 멀리서 배가 나타났다.

부아아앙……!

배에서 경적 소리가 울린다. 상두는 소리를 듣자마자 벌떡 일어났다.

"여기요!! 헬프! 헬프 미!!"

그는 손을 들어 격하게 흔들었다. 어떻게든 움직임을 보여서 선원들이 이곳을 보게 만들어야 한다.

상두의 노력이 닿았는지 봉화의 연기를 포착했는지 배는 방향을 틀어 해변으로 다가왔다.

해변에 도착한 배는 그리 규모가 아니었다. 하지만 선상에 반가운 얼굴이 있어 상두는 무척이나 안심이 되었다.

"회장님!"

배에 타고 있는 사람은 박경파였다.

상두와 수민이 실종되었다는 말을 듣고 있는 인맥, 없는 인맥 다 동원해서 밤부터 수색을 한 것이다.

"이 사람아! 내가 휴가를 다녀오랬지, 조난을 당하랬나!"

"어떻게 찾으셨어요?"

"딸내미도 같이 조난을 당했는데 당연히 미친 듯이 찾아야지!"

박경파는 상두의 안위는 대충 살피고 수민에게 뛰어갔다.

"아빠!"

박경파에게로 달려가는 수민.

하지만 그의 볼에 박경파는 따귀를 올려붙였다.

"아… 아빠……."

수민은 당황했다. 처음으로 맞아본 것 같았다. 하지만 화를 낼 수가 없었다. 그의 눈에 맺힌 눈물을 발견했기 때문이다.

"수민아……. 아빠가… 아빠가 네가 없으면 어떻게 사니……. 왜 이렇게 속을 썩이니……."

박경파는 큰 어깨를 들썩이며 눈물을 지었다.

"으아앙!! 아빠 미안해……!"

수민도 울음을 터뜨렸다. 두 부녀의 울음소리가 이 작은 무인도를 울렸다.

                    *   *   *

상두와 어머니는 집으로 돌아왔다.

"후우……. 더 피곤하네."

상두는 조금 투덜거렸다.

엄청나게 피곤한 휴가였다. 쉬러 갔다가 오히려 조난을 당해 한쪽은 찾느라 한쪽은 무인도에 있느라 힘이 들었다.

예전 대륙에 있을 때 훈련하다 무인도에 조난당했던 기억도 떠올랐다.

하지만 그래도 바쁜 일상에서 벗어나 마음은 제대로 쉬고 온 것은 부인할 수가 없었다. 가끔은 이렇게 일상은 벗어던지고 여행을 가는 것도 나쁘지 않을 것 같았다.

어머니도 처음 갔다 온 해외여행이라 즐거워 보이는 것도 사실이었다. 비행기도 결혼 초에 제주도 신혼여행 간 것이 처음이었다.

그녀의 손에는 쇼핑백들이 가득했다. 마지막 날에 처음으로 그녀는 과소비에 가까운 지출을 했다. 물론 그녀는 실제로 쓴 돈이 얼마 없었다. 박경파가 모두 사준 것이었다. 그는 마지막 날 계속 그녀와 함께였다.

"그 양반 왜 나한테 그렇게 잘해주니?"

그녀의 물음에 상두는 어색하게 웃음을 보였다.

'어머니도 나 못지않게 눈치가 없으시네……'

그녀는 정말 둔한 것인지 그렇게 박경파가 잘해줬는데 그 이유를 알지 못했다. 박경파는 그런 점이 더 매력이라고 상두에게 귀띔했다.

휴가를 마치고 돌아와 신평의 집 앞에 섰다.

·통장의 잔고도 늘어나 구미에서 빌라 정도는 구할 수 있는 돈이 마련되었다. 상두는 집을 옮기려 어머니와 상의를 했었다.

　하지만 어머니가 잠만 자러 들어오는 곳인데 좋은 집은 필요 없다며 아직도 신평의 언덕의 허름한 집을 버리지 못하고 있었다.

　이유는 아버지 때문이었다.

　아버지의 사업에 실패하고 여자와 도망친 이후 이 집에서 죽 살아왔다. 마치 누군가를 기다리는 것처럼…….

　"여보……."

　그때 누군가의 목소리가 들린다.

　어머니는 손에 들고 있던 짐을 떨어뜨렸다.

　눈물이 그렁그렁 맺히고 온몸이 덜덜 떨려왔다. 상두는 목소리의 주인공을 바라보았다. 뇌에 기록된 정보와 대조를 해보자 한 사람이 떠올랐다.

　"아버지……?"

　상두의 아버지였다.

　행색이 초라했다. 아무래도 노숙을 하고 지냈는지 냄새도 나고 지저분했다.

　상두의 기억에는 아버지는 십수 년 전에 사업의 실패와 함께 바람을 피고 집을 나간 것으로 되어 있다.

게다가 그때에 돈이라는 돈은 다 긁어가 아파트에서 이 허름한 집으로 이사를 온 것이었다. 상두는 그 이후 인생의 아웃사이더처럼 살아왔었다. 그리고 모든 것이 아버지의 탓이라고 생각했다.

분노가 치밀어 올랐다.

사실 이것은 상두의 몸에 남아 있는 감정의 일부였다. 하지만 상두의 몸을 차지한 카논 또한 여기에 대해 역시 화가 나는 것은 마찬가지였다. 계집에 미쳐서 조강지처와 아들을 버린 남자는 카논도 용서할 수가 없었다.

"당신이 왜 이곳에 와 있어!"

상두는 달려가 그의 멱살을 거머쥐었다.

"사, 상두야……."

아버지는 당황했다. 어리던 상두가 이제 청년 티가 난 것에 반가운 것도 사실이었다. 그만큼 세월이 지났다.

"무슨 낯짝이 있다고 지금 돌아옵니까? 어디선가 콱 죽어버리지, 왜 돌아왔어요? 왜? 여자한테 버림받으니까 이제 조강지처가 그리웠습니까?"

상두는 독한 말을 쏟아내었다.

"상두야!"

어머니가 큰 소리로 외쳤다. 상두는 뒤를 돌아보았다.

"그래도… 그래도 아버지야……."

어머니의 말에 상두는 멱살을 놓았다. 어머니의 표정을 보니 도저히 더 이상 이런 짓을 할 수가 없었다.

그는 불안해지기 시작했다.

어머니의 성격상 분명 저자를 집안으로 들여놓을 것이 분명했다. 상두는 절대로 그를 용서할 수가 없었다.

"일단 안으로 들어와요."

역시나 그녀는 아버지를 집으로 들였다. 아버지도 쭈뼛거리더니 안으로 들어갔다. 상두는 잠시간 화를 삭이고 안으로 들어섰다.

세 사람은 한참이 말이 없었다. 상두는 그저 마루에 앉아서 작은 꽃밭만 바라보고 있었다. 신경을 써줄 시간이 없으니 꽃밭도 많이 상해 있었다.

"지금까지 어떻게 살았어요?"

어머니가 먼저 입을 열었다. 아버지는 한참을 말을 하지 못했다. 입이 열 개가 있어도 할 말이 있겠는가.

"미안해……."

그가 할 수 있는 말은 사과일 뿐이었다.

"밥은 먹었어요?"

그녀의 말에 아버지는 고개를 끄덕였다. 하지만 이윽고 배에서 꼬르륵 소리가 났다.

"기다려요."

어머니는 부엌으로 향했다.

집에서 밥을 먹지 않아서 밥솥에는 밥이 없었다. 대충에 찬
장에서 라면을 꺼내서 끓이기 시작했다.

"상두야……. 그동안 어떻게 지냈니……? 대학은 갔니?"

아버지의 말에 상두는 그를 증오의 눈초리로 바라보았다.
하지만 허름한 모습에 상두의 눈이 잠시 붉어졌다. 이것은 상
두 육체에 남은 감정이었다. 이 감정이 상두의 영혼인 카논에
게까지 전해지니 가슴이 짠해지기 시작했다.

"휴학했어요."

"왜?"

휴학이라는 말에 적잖게 놀란 것 같았다.

그렇게 집안이 어려워졌는가 하는 걱정…….

하지만 집을 이렇게 어렵게 만든 것은 바로 그의 행동 때문
이었다.

"걱정하지마세요. 어머니하고 사업한다고 휴학했어요."

"그래도 대학은 제대로 다녀야지. 그래 어느 대학이니?"

"인세대요."

아버지는 잠시 눈을 움찔하더니 웃음을 보였다.

"역시… 내 아들이구나……."

아버지 없이도 좋은 대학에 진학한 아들이 그는 대견한 것
같았다.

그 사이 라면이 나왔다.

아버지는 마치 걸신들린 듯 미친 듯이 라면을 먹었다. 국물까지 먹는 시간은 그리 오래 걸리지 않았다. 한참을 이런 음식을 제대로 접하지 못한 것 같았다. 그 모습을 어머니는 복잡한 감정으로 바라보고 있었다.

아버지는 라면을 먹고 허름한 욕실에서 대충 몸을 씻었다. 아버지의 옷은 버린 지 오래라 상두의 옷을 입었다.

씻고 면도까지 하고 나오니 어느 정도 깔끔한 모습이 보기가 좋았다.

상두는 집을 나섰다. 식당에서 잔다고 나간 것이다. 아버지는 상두의 방에서 잠들었다.

다음 날.

상두는 일찍부터 아침준비를 시작했다. 여행을 갔다 오니 떡갈비 만들어 놓은 것이 얼마 남지가 않았다.

그의 연구 끝에 사흘 정도는 다져놔도 괜찮다는 것을 발견했다.

푸켓을 다녀온 지가 사흘이 지났으니 떡갈비는 남아 있지 않았다.

상두는 미친 듯이 고기를 다졌다.

기분이 그리 좋지가 않았다.

아버지라는 작자가 돌아왔다. 가족을 버린 자는 용서할 수가 없는 상두였다.

대륙에 있을 때에 그의 아버지 역시 가족을 버리고 어디론가 떠났기 때문이었다.

그때의 기억이 떠올라 계속해서 기분이 나빠지는 상두였다.

어머니가 출근했다.

하지만 혹이 하나 더 딸려 왔다. 아버지였다.

"당신이 왜……."

"오늘부터 식당일을 좀 도울까 해서."

상두는 인상을 찌푸리며 말했다.

"됐어요. 도움 필요 없어요."

상두는 매몰차게 거절했다. 그러고는 금고에서 돈을 꺼내 아버지 앞에 던졌다.

"자, 이거 들고 어디로든 가세요. 당신 같은 아버지 필요 없어요."

그의 매정한 말에 아버지의 인상은 엄청나게 구겨졌다.

돈을 줍는 것은 어머니였다. 상두는 그 모습에 더 화가 났다.

"빨리 저 인간 쫓아내요!"

상두의 외침에 그녀가 상두의 뺨을 내려쳤다.

"그래도… 그래도 네 아빠야…….."

어머니의 말에 상두는 이를 '빠득' 갈았다.

"어머니 마음대로 하세요."

그는 다시 주방으로 들어갔다.

아버지는 열심히 일을 했다. 누구보다 열심이었다. 손님들도 그의 넉살에 좋아했다. 어머니도 그 모습을 물끄러미 바라보았다.

매정하게 떠난 사람이다.

한 이불에서 살을 섞은 시간보다 떠나간 시간이 더 많은 사람이다. 그간 원망도 많이 했다. 하지만 그녀의 마음속에서는 알 수 없는 연민이 느껴졌다.

사랑해서 누구보다 사랑해서 결혼했다.

그와 함께 행복했던 사랑의 기억이 떠오른 것이다.

복잡한 감정에 일이 손에 제대로 잡히지 않는 그녀였다.

이제 조금 한가한 시간이 다가왔다. 아버지는 잠시 담배라도 태울 요량으로 밖으로 나갔다. 하지만 담배를 피우려는 것이 아니었다.

그는 주변을 돌아보더니 으슥한 골목으로 들어갔다.

"여기 있지?"

누군가가 모습을 드러냈다.

그는 이동민과 그의 비서.

그는 비열한 웃음을 보이며 인사했다.

"아이고, 아저씨 때빼고 광냈네요."

상두의 아버지는 인상을 찌푸렸다.

"네 말대로 했다. 이제 어떻게 할 거지?"

"이야기했잖아요. 당신 아들을 망가뜨릴 거라고……."

동민의 말에 상두의 아버지는 이를 '꽈득' 갈았다.

"준비한 것은 가지고 왔나?"

동민은 그에게 무언가를 내밀었다.

그것은 마약…….

"이 정도면 한 달은 버티실 겁니다."

동민의 말에 그는 고개를 끄덕이며 떨리는 손으로 받아 들었다.

그는 마약도 중독된 것이었다.

보증에 관한 빚 말고도 꽤나 빚이 있었는데 이것은 다름 아닌 마약을 구매하기 위한 빚이었다.

지금 그는 빚 때문에 가족들을 다시 등지려는 것이었다.

그는 마약을 품속에 숨기며 슬금슬금 사라졌다.

"너무 잔인하십니다."

비서가 동민에게 말했다.

가족을 통해서 복수하려는 동민의 모습이 너무 악마처럼 보였던 것이다.

"하지만 이게 제일 확실할걸? 사람은 역시 돈의 노예야. 돈만 있으면 뭐든지 된다니까."

그는 아주 비열하게 웃음을 보였다.

『권왕강림』 3권에 계속…